로크미디어가
유혹하는
재미있는 세상

ROK
MEDIA
로크미디어

바인더북

바인더북 30

2018년 2월 27일 초판 1쇄 인쇄
2018년 3월 5일 초판 1쇄 발행

지은이 산초
발행인 이종주

기획 팀 이기헌 왕소현 박경무 이승제
책임 편집 이정규

발행처 (주)로크미디어
출판등록 2003년 3월 24일
주소 서울시 마포구 성암로 330 DMC첨단산업센터 3층 314호
Tel (02)3273-5135 **Fax** (02)3273-5134
홈페이지 rokmedia.com **E-mail** rokmedia@empas.com

© 산초, 2013

값 8,000원

ISBN 979-11-294-4805-7 (30권)
ISBN 978-89-257-3232-9 04810 (세트)

BIΠDER BOOK
바인더북

30

| 산초 퓨전 장편소설 |

contents

악령을 퇴치하다 Ⅰ   7

악령을 퇴치하다 Ⅱ   45

양경재 엿 먹이기 Ⅰ   69

양경재 엿 먹이기 Ⅱ   93

검정고시파의 양지 진출   123

제로의 능력을 알고 싶소   155

사장님은 암살되셨습니다   183

친일파 본부를 털다 Ⅰ   211

친일파 본부를 털다 Ⅱ   237

왜 이렇게 되는 게 없어?   269

부동산 강의   287

BIΠDER
BOOK

악령을 퇴치하다 I

카페의 유리창으로 겨울 햇살이 레이저처럼 쏟아지는 창가의 자리.

서로 마주 앉은 김덕기와 유상곤의 안색은 꺼칠했고, 입술은 아교를 칠한 양 찰싹 달라붙어 있었다.

멀뚱멀뚱. 껌뻑껌뻑.

꼭 뭔가에 홀려 버린 듯 보이는 멍청한 표정에다 동공마저 동태 눈깔처럼 흐리멍덩해져 있는 두 사람이었다.

두 사람이 이러는 데는 이유가 있었다.

다름 아닌 조금 전 뇌가 인지하는 범위 밖의 현상을 본 때문이었다.

당연히 담용이 발현시킨 몇 가지 초능력으로 인해서였다.

초능력으로 발현시킨 현상은 장소 불문, 이유 불문, 나이를 불문하고 사람의 얼을 빼놓기에 충분했기에 사회 경험이 적지 않은 김덕기와 유상곤조차도 잠시 정신을 차리지 못하고 있는 중이었다.

"아으으으……."

벅벅벅.

목석이 되어 있던 유상곤이 갑자기 심장을 쥐어짜는 괴성을 지르며 머리를 마구 헝클어뜨리더니 느닷없이 탁자를 내리쳤다.

탕!

"성님!"

깜짝!

유상곤의 고함에 김덕기가 퍼뜩 정신을 차렸다.

"뭐, 뭐야?"

"아, 제발 정신 좀 차리쇼!"

"엉?"

초점을 잃을 정도로 뭔가에 골몰했었던지 동공이 몇 차례 좌우로 왔다 갔다 한 후에야 비로소 정신이 돌아온 김덕기였다.

"어, 어…… 크흠흠."

"이제 정신이 좀 드쇼?"

"어? 그, 그래."

"뭐, 이해하오. 나 역시 지금도 아리까리, 아니 긴가민가 한 상태니 말이오."

"......"

"성님은 믿기오?"

"뭐, 뭐가?"

"아놔, 뭐긴 뭐요. 조금 전에……."

"마! 목소리가 크다."

움찔.

"어, 뭐……."

실내를 한번 쓰윽 둘러본 유상곤이 속삭이듯 말했다.

"육 담당관이 재주 부린 것 말이오."

"끄으응."

"아이구, 그러다 똥 지리겄소."

"너는 믿기냐?"

"킁. 뭐, 사기 치는 것 같지는 않소만…… 그렇다고 의심 이 사라진 건 아니오."

"후우, 그건…… 나도 그렇다."

"정말 초능력이란 게 있는 거요?"

절레절레.

"소설책에서나 나올 법한 얘기지 현실에서는 어림도 없다."

"거 뭐시냐? 유리겔러 말이우. TV에 나와서 숟가락 휘게

한 애 말이오."

"그거 다 사기라고 했잖아?"

"아, 그건 아는데 육 담당관도 그쪽 계통이 아닐까 싶기도 해서 말이우."

"왜? 유리겔러가 CIA 스파이 요원이라고 해서?"

"그게…… 좀 공교롭지 않수? 육 담당관도 국정원 요원이라 하니 말이우."

"마! 대갈빡이 그렇게도 안 돌아가냐?"

"엥? 갑자기 왜 내 머리는 가지고 난리우?"

"유리겔러는 고작 숟가락이지만 육 담당관은 뭘 움직였냐?"

"제, 제설함……."

"숟가락과 제설함. 쨉이 되긴 하냐?"

"안…… 되쥬."

족히 3백 킬로그램은 됨 직한 제설함과 고작 몇 그램밖에 되지 않을 숟가락이 어찌 비교가 될까?

"그리고 눈이 쌓이지 않은 건 어떻게 설명할래?"

"눈……. 그게…… 아, 모르것소."

유상곤이 생각만 해도 머리가 지끈지끈했던지 머리를 감쌌다.

"빙신……."

뭐, 그렇게 내뱉는 김덕기 본인 역시 바보가 된 건 마찬가지란 생각이었다.

'기가 막힌 일이었어.'

올해 내린 첫눈의 양이 꽤 많아서 지금 창밖에 보이다시피 금세 수북이 쌓였다.

그에 반해 담용이 가리키는 도로의 일정 부분은 눈이 쌓이지 않는 기현상이 나타났다.

담용이 '능력을 거두겠다.'라고 말한 순간, 그제야 눈이 쌓이는 것을 보고서 두 사람은 기함을 하기 시작했고, 그때부터 지금까지 정신을 잃어버릴 지경이었다.

제설함이 저절로 붕 떠서 위치를 옮기는 현상이나 유독 그 자리만 눈이 쌓이지 않는 현상이 이해될 일인가?

그걸 또 초자연현상이라고 치부해 버릴 수 있을까?

또 모른다, 제3자가 듣는다면 그렇게 치부해 버릴지도.

아무튼 할 말은 또 있었다.

"그리고 저건 또 어떻게 설명할래?"

김덕기가 턱짓으로 길 건너편에 보이는 부동산 입간판을 가리켰다.

10층 빌딩 1층에 자리 잡은 부동산 사무실은 안쪽에 있는지 보이지 않았다.

그도 그럴 것이 1층 일부분이 필로티 형식의 기둥들로 세워진 주차장이었기 때문이었다.

"그거야 똥꼬 놈을 미행했으니, 우릴 이리로 안내하지 않았겠수?"

"젠장, 닭대가리도 아니고……."

"아씨, 그럼 뭐란 말이우?"

"그새 귀먹었냐?"

"안 먹었수."

"귀가 안 먹었으면 까마귀 고기라도 처먹었어?"

"그것도 안 먹었수."

"빌어먹을 자식. 육 담당관이 똥꼬 새끼한테 뭔 짓을 해 놨다고 했어?"

"표시를 해 놨다고 했소."

"마! 표시가 아니라 능력을 심어 놨다고 했잖아?"

"에이, 그게 그 소리지……."

"에구, 말을 말자."

유상곤은 몰라도 김덕기는 담용의 미증유의 능력을 추호도 의심하지 않았다.

정말 눈으로 본 것이 사실이라면 흥분에 춤을 추고 전율에 전신이 짜릿할 일이지 않은가?

능력을 심는 범위가 어느 정도일지는 몰라도 담용에게 걸리면 그 어디를 가더라도 추적의 범위 안에 있다는 얘기다.

가히 초능력자들만이 갖는 능력이 아닐 수 없다.

─이런 능력 때문에 국정원 요원으로 특채됐소.

차라리 이 한마디가 담용이 초능력자임을 확인하는 데 더 실감이 되고 있는 참이었다.

아울러 알게 모르게 가슴 저 밑바닥 한쪽에 묻어 뒀던 국정원에 대한 편견이 담용이 보여 준 맛보기 초능력 하나로 약간이나마 엷어졌다.

'하긴 국정원 요원이라고 전부 같을 수는 없지.'

오래전 국정원과의 인연은 아릿한 아픔으로 남았던 김덕기였다.

오랜 수사 생활에서 겪을 수밖에 없는 성장통 같은 것이라 참고 넘겼지만, 우월적 지위에서의 갑질 행태는 지금까지도 잊지 못하고 있었다.

─받은 만큼 일한다.

공직에서 불명예퇴직을 한 이후, 프리랜서로 일하면서 모토로 삼았던 결심이었다.

PA 요원도 그런 맥락으로 응했었다.

매달 돈을 통장에 입금시켜 주니까.

뭉칫돈 1억 원은 스카우트 계약금으로 생각했다.

그런데 지금까지 마음먹었던 'Give and take' 방식의 결심이 폭풍에 흔들리고 있는 것이다.

하지만 쉽게 결정을 하지 못하고 있었다.

그 이유는 심복이 되는 것과 주고받는 거래 관계는 질적으로 달랐기 때문이었다.

상대는 초특급 비밀을 내보이면서까지 진심을 보였다.

이는 자기 할 바는 다했으니 양단간 결정을 내리라는 무언의 압력이나 마찬가지였다.

맹물만 홀짝이던 유상곤이 그런 갈등의 기로에 선 심정에 부채질을 해 왔다.

"어떡할 거유?"

"뭘?"

"아, 난 눈치도 없는 줄 아오?"

"그새 녹아서 사라진 줄 알았지."

"쿵! 돈이 웬수유."

뭔 말인지 안다.

또다시 1억 원을 받아 챙겨서다.

"넌 어떡할래?"

"난 아무런 생각이 없수. 성님이 다 알아서 하시우. 난 쫄래쫄래 따라만 갈 거유."

"돈을 다 돌려줘도 후회 안 할 거지?"

"마, 마음대로 하시구랴. 설마하니 산 입에 거미줄 치것수?"

'픗.'

입술을 살짝 떨며 고개를 외로 꼬는 유상곤의 마음을 어찌 모를까?

거절하면 그나마 한 달에 1백만 원씩 입금되던 돈도 없어질 것이다.

'저놈은 애들도 고만고만한데……. 뭐, 나라고 별다를 것도 없지만.'

결심이 섰는지 긴 시간 고뇌하던 김덕기가 입을 뗐다.

"상곤아, 이거 하나는 확실한 것 같다."

"뭐가 말이우?"

"넌 그런 능력이 아무에게나 있는 것 같냐?"

"내가 멍청이우, 그런 것도 모르게."

"그래. 그럼 우리한테 그걸 보여 줬다는 건 뭘 뜻하겠냐?"

"글씨유. 겁주려는 걸까유?"

"풋! 그런다고 네가 겁먹겠냐?"

"에이, 콱 뒈졌으면 뒈졌지 난 그딴 건 간지러워서도 못하우."

"그건 나 역시 마찬가지다."

"아나, 진짜, 답답하게……. 뜸들이지 말고 속히 말해 보시우."

"심복이다, 이놈아."

"뭐, 뭔 복이오?"

"심복."

"나참. 살다 살다 복어 중에 심복이 있다는 건 또 처음 듣소."

"크흠, 농담은 그만하고……."

김덕기가 정색을 하며 유상곤 앞으로 머리를 바짝 디밀었다.

"담당관이 그런 능력이 있다는 걸 보여 준 사람이 몇이나 될 것 같냐?"

"뭐, 아무에게나 보여 줄 수는 있는 건 아닐 거유."

"그런데도 우리한테 보여 줬다면?"

"큼큼큼…… 우리 같은 늙다리들을 이용해서 뭔 덕을 보겠다고 그런 수고를 하겠수? 너무 나간 것 아뇨?"

"늙다리는 무슨……."

한 대 칠 기세로 유상곤을 꼬나본 김덕기가 엄중한 어조로 말했다.

"지금 장난할 기분이 아니다."

"아, 알았수."

"암튼 초능력을 보여 줬다는 건 그만큼 우릴 중요하게 여기겠다는 거다."

"뭐, 그 정도는 나도 눈치채고 있수."

"난 하겠다."

"에? 아들 같은 놈에게 고개를 숙인단 말이우?"

"마! 내게 그렇게 큰 아들이 어딨어?"

"에이, 동만이랑 몇 살 차이 난다고……."

"이 자식이 근데……."

이마에 고랑을 있는 대로 파고는 눈을 부라린 김덕기가 몇 방울 남은 물을 유상곤에게 뿌렸다.

"인마, 여기서 아들놈 이름이 왜 나와?"

"미안하우. 나도 하겠수."

"뭘 해?"

"아, 심복 하겠다구유."

"제엔장. 너…… 이제부터 일을 대충 할 생각지 마라. 그럴 생각이 있다면 그만둬."

"나두 그럴 생각은 없수. 사내라면 받은 돈값은 해야잖수."

"어허, 돈이 문제가 아니라니까 그러네."

"나도 아우. 워낙 궁해서 돈이 들어오니 자꾸 연관시키게 된단 말이우."

"앞으로는 절대 돈에 쪼들릴 일은 없을 거다."

"제발요."

"심복은 어떤 일이 있어도 보스가 책임지는 인생이고, 그 부하는 보스를 위해 목숨도 초개같이 여겨야 하는 거다. 이 말…… 명심해!"

"알았다니까유."

"좋아. 난 눈 좀 붙이고 있을 테니, 잘 지켜보고 있어."

"그러쥬. 아, 근데 깍다귀 그 자식은 왜 감시하라는 거요?"

"나도 모른다. 그냥 잠자코 지켜보고 있어."

"씨이······."

입도 벙긋 못 하게 하는 김덕기의 지청구에 유상곤의 주둥이가 툭 튀어나왔다.

"불만 갖지 말고 따라. 사기나 치고 다니는 사람이 우리에게 거금을 줬겠냐? 글고 지금부터 마음가짐도 좀 달라지는 게 좋을 거다."

"······!"

김덕기의 그 한마디에 삐죽거리던 유상곤의 입이 꾹 다물렸다.

그러나 곧 애먼 곳에다 대고 툴툴거렸다.

"씨불 넘들이 부동산 사무실을 차려 놓고 거기서 뭉기적거리고 있으니 찾을 수가 있나. 성님, 정말 숭악헌 놈들이지 않소?

"요즘은 그게 젊은 놈들의 트렌드란 걸 몰랐냐? 주먹만 믿지 말고 공부 좀 해라. 응?"

요즘은 깡패든 쓰리꾼이든 앞에서는 보란 듯이 번듯한 사무실을 차려 놓고 뒷구멍으로 온갖 지랄을 해 대는 게 추세라서 하는 말이었다.

"쳇! 공부는 성님이나 많이 하슈. 내는 주먹질로 먹고살라요."

유상곤이 솥뚜껑만 한 주먹을 휘휘 휘둘러 대는 것을 본 김덕기가 얼굴을 한껏 찡그렸다.

"여기 커피숍이다. 이제는 사람들 눈도 안 무섭고 눈에 뵈는 것도 없냐?"

그 말에 얼른 손을 감추는 유상곤이다.

"아, 누가 그렇다우?"

"쓰읍."

"아, 알았수. 염려 말고 한숨 주무시구랴."

"쯧, 나도 그럴 시간이 있었으면 좋겠다. 하마터면 깜빡할 뻔했네. 심복을 자처하기로 했다면 지시한 일은 해야겠지."

혀를 찬 김덕기가 휴대폰을 들었다.

꾹. 꾹. 꾹. 꾸욱.

버튼을 누르고는 휴대폰을 귀에 갖다 댔다.

조금 오래다 싶을 정도로 신호음이 울리더니 상대방의 음성이 들려왔다.

-박정호입니다. 누구십니까?

"아, 흠흠. 박정호 씨죠?"

-그렇습니다만…….

"저는 김덕기란 사람입니다만 김도원 씨가 친구분 되시죠?"

-어? 도원이요?

"친구가 맞습니까?"

-그, 그렇습니다만……. 도원이한테 무슨 일이 생겼습니까?

"그건 아니고요. 김도원 씨 부탁으로 박정호 씨를 만나야 할 일이 있어서 그러는데 시간이 되시는지요?"

-무슨 일로…… 그러시는지?

"성산건설 일로 의논할 일이 있어서 그럽니다."

-아!

"시간이 되시면 지금 만나는 건 어떻습니까?"

-그, 그게…… 죄송한데요, 지금은 사정이 여의치 않아서 몸을 뺄 상황이 아니라서요. 급한 일입니까?

"급하다면 급할 수 있는 일이긴 합니다만…… 그럼 언제나 시간이 됩니까?"

-3시간 후라면 가능합니다.

"그럼 그때까지 기다리지요."

'오히려 잘됐군.'

일을 시킨 담용이 올 시간이 일정치 않았기에 김덕기는 속으로 안도했다.

-어디로 가면 됩니까?

"여기가…… 여의도역 1번 출구에 있는 황제카페라는 곳입니다."

-아, 그리 멀지 않은 곳이군요. 알겠습니다. 가능한 빨리 가도록 하겠습니다.

성산건설의 본사가 마포구 도화동에 위치해 있으니 마포대교만 건너면 되는 일이었다.

"아, 가능하면 업무에 밝은 임원 한 분과 같이 오시면 좋겠습니다."

-예? 이, 임원과 같이 오라고요?

"예, 성산건설 측에 좋은 일이 있을 테니, 그러시는 게 좋을 겁니다."

-노, 노력해 보지요.

"그럼 이따가 봅시다."

탁.

통화를 끝낸 김덕기가 자리에서 일어섰다.

"어디 가우?"

"커피나 한 잔 마시련다."

"이히힛, 난 카페라테요."

"그냥 삼형제나 처먹어."

"씨이……."

"참. 너, 돈 이체 안 시킬 거야? 제수씨가 오늘까지 돈이 필요하다고 했다며?"

"아, 맞다."

벌떡!

"성님도 참. 진즉에 좀 말해 주지."

"얼레? 뭔 소리래? 띨띨한 놈이."

"이히히힛."

바보 같은 웃음을 흘린 유상곤이 ATM 부스 쪽으로 달려 갔다.

'으이그, 어째 날이 갈수록 바보가 되어 가는 것 같네.'

이게 다 경찰직에서 면직된 충격에서 오는 후유증이었다.

매사에 의욕이 생기지 않고 잠을 자도 잔 것 같지 않은, 먹 어도 먹은 것 같지 않은, 그러니까 의사의 진단에 의하면 일 종의 우울증 증세라고 했다.

근래에 들어 제법 열심히 일을 하고는 있다지만, 아직도 면직 충격은 가시지 않고 있었다.

그래도 오늘처럼 돈이라도 생긴 날은 기분이 좋아서 화색 이 돌았다.

그게 아니었으면 오늘도 계속 풀 죽은 모습을 봐야 했을 것이다.

그렇다고 내칠 수도 없는 것이, 처음 만났을 때부터 죽으 나 사나 자신만 따라다니겠다며 달라붙으니 작금에 와서는 애물단지가 되어 버렸다.

'후우, 아무튼 급한 불은 끄게 됐으니 다행이다.'

근자에 둘 다 궁한 처지였던 터라 담용이 건네준 돈은 천 금이나 매한가지였다.

아울러 너무 과한 대접을 받고 있는 것 같아 한편으로는 미안한 감정이 들기도 했다.

게다가 사무실을 구하라며 적지 않은 돈까지 쥐여 줬다.

그렇지 않아도 집에서 뒹굴다가 일이 있을 때만 나가는 처지여서 아내와 자식들 보기가 껄끄러웠던 참이었는데, 그 점을 헤아려 긁어 주니 더 고마운 마음이 들었다.

'쯧, 내가 할 일만 제대로 해 주면 되겠지.'

그런 생각이 들자 조금은 무거웠던 발걸음이 가벼워진 듯 카운터로 향하는 김덕기의 걸음이 빨라졌다.

여의도 SM병원.

김덕기와 유상곤이 까페에서 똥꼬를 감시하고 있는 그 시각, 담용은 SM병원 로비에서 서성이고 있었다.

'헐, 사람들이 왜 이리 많은 거야?'

발 디딜 곳이 없을 정도로 붐비는 것은 아니었지만 환자와 보호자 그리고 방문객 들로 인해 병원 로비가 마치 시끌벅적한 도떼기시장을 방불케 했다.

앉을 자리가 없어 기둥에 기댄 담용이 한동안 출입문을 주시했지만 기다리는 사람은 오지 않았다.

담용이 기다리는 사람은 다른 누구도 아닌 증권가의 대부이자, (주)대왕AM의 오너인 주경연 회장이었다.

'쩝, 너무 빨리 왔나?'

시간을 확인하니 증권 객장 마감 시간이 한참이나 남아 있었다.

'아무리 바빠도 손녀의 일인데 올 테지.'

오늘은 그동안 자신이 서질 않아 미뤄 뒀던 일을 처리하기 위해 작심하고 나선 담용이었다.

바로 주경연 회장의 손녀를 치료하는 일이자, 동시에 의학계와 대체의학계 그리고 무당들과 심령술사들조차 모두 손을 들었다는 괴질에 도전하는 날인 것이다.

사실 자신은 없었다.

그렇지만 이미 약속한 바가 있는 데다 2차 각성까지 한 터여서 은근한 기대를 갖고 나선 것이다.

'쩝, 부탁할 것도 있는데……'

부탁은 손녀를 치료한 뒤에야 할 수 있을 것 같았다.

오랜만에 불쑥 나타나서 도와 달란 말은 차마 입이 떨어지지 않을 것 같아서였다.

우우웅.

'엉?'

손아귀에 쥐고 있던 휴대폰이 울리자 액정부터 확인하니 발신자가 김덕기였다.

꾹.

"김 선생님, 접니다."

-담당관님, 박정호와 약속이 됐습니다.

"몇 시죠?"

-6시경입니다.

담용이 듀얼 시계를 확인해 보니 3시간 후였다.

'3시간 후면……'

시간의 여유가 그리 많다고 여겨지지 않았다.

"알겠습니다. 늦지 않도록 하지요."

-늦을 것 같으면 전화해 주세요. 제가 시간을 끌면 되니까요.

"예, 그러죠."

새삼 느끼는 거지만 사람을 참 편하게 해 주는 김덕기다.

"김 변호사를 불러야 하나?"

오랜만에 읊조려 보는 이름은 리엔씨 법무 법인의 김기만이었다.

"아무래도 도움을 받는 게 좋겠어."

투자금이 오가고 토지가 제공되는 일이라 전문 변호사의 도움을 받는 게 이롭다는 생각이 들었다.

"후훗, 양경재로 인해 성산건설만 좋아졌군."

성산건설의 박정호를 부른 것은 양경재가 그 회사를 노리고 있기 때문이었다.

담용은 무력을 사용하기보다 훼방을 놓는 것으로 작전을 바꿨다.

심력을 더 쏟아야 하는 일이긴 했지만, 그렇다고 아직까지 자신에게 해코지한 적이 없는 양경재를 때려눕힐 수는 없는 일이었다.

지금으로서는 양경재로 하여금 헛물만 켜게 해도 통쾌한 일이었다.

휴대폰으로 전화를 걸었다.

반응은 금세 왔다. 그것도 아주 격하게.

-어이구, 이게 누구야? 살아 있었나 보네?

"참내, 말투가 어째 내가 죽길 바랐던 것 같소."

-하하핫, 그럴 리가? 만약 그런 일이 생긴다면 내가 투자금을 다 빼먹고 좋은 거지 뭐.

"쳇! 그렇게 말하는 사람도 고객한테 전화 한 통 없었잖소?"

-그거야 의뢰자 면전에 자주 깝죽대지 않는 게 예의라서 그런 거지. 어찌 됐든 분기별 보고서는 이메일로 꼬박꼬박 넣고 있으니, 내 할 일은 다 하고 있잖은가?

뭐, 틀린 말은 아니다.

벤처기업인 코람테크로닉스의 C-1 제품에 투자한 것과 포레이버 포털 사이트에 투자한 돈에 대한 관리 및 수익에 대한 보고서는 분기별로 받고 있었으니까.

김기만은 그 대가로 수수료를 꼬박꼬박 챙겨 가고 있었다.

담용이야 수익이 생기는 족족 재투자하고 있었지만, 그럴 때마다 김기만이 챙기는 수익도 결코 적지 않았다.

이럴 때 놀려 먹지 않으면 언제 놀려 먹을까?

담용은 김기만이 쩔쩔맬 것을 생각하니 절로 신이 났지만 음색은 태연했다.

"그것이 제게는 김 변호사님이 돈 받은 만큼만 일하는 것 같단 말이오. 그래서 인정머리가 없는 김 변호사님보다 좀 나은 로펌으로 갈아타려고요."

―이잉! 그, 그게 무슨 소리야? 갈아타다니!

'쿠쿠쿡.'

난데없는 통보에 화들짝 놀라는 음색이었는데, 보지 않아도 표정이 구겨진 휴지 꼴일 듯했다.

"왜 그리 놀라오? 난 그저 1년 기한이 차서 바꾸려고 통보하는 건데요."

진짜 낼모레면 리엔씨 법무법인과 체결한 계약 기간이 끝나는 날이다.

벌써 1년이라니.

말해 놓고 보니 세월이 유수와 같다는 말이 실감 났다.

―아, 야. 그 말…… 농담이지?

"농담 아닌데요?"

―아, 진짜…… 네가 마 회장 얼굴을 봐서도 내게 그러면 안 되지.

마해천 회장이 리엔씨 법무 법인을 소개했기에 하는 소리지만 놀려 먹을 작정을 한 이상 어림도 없다.

"에이, 얼라도 아니고 마 회장님은 왜 끼워 넣고 그래요?"

―어? 그건 내 실수. 미안해.

'얼라? 이러면 곤란한데.'

길길이 날뛰면서 흥분해야 통쾌한 기분이 들 텐데.

―어쨌든 자네 거기 어딘가?

"여의도요."

―여의도 어디?

"지금 검사 출신이라고 나를 심문하는 겁니까? 내가 어디에 있든 무슨 상관인데요?"

―어, 그, 그게 말이다. 에이 씨, 야! 좀 만나자! 싫어?

'아놔.'

진짜로 화를 낼 것 같아 이 정도만 해야겠다.

―거기 어디야! 말 안 할 거야?

이판사판인지 목소리가 점점 커지고 있었다.

'역시 이런 건 내 체질이 아니라니까.'

결국 담용이 꼬리를 내리고 말았다.

"여의도역 1번 출구에 있는 황제카페요."

―계속 거기 있을 건가?

"아뇨. 곧 나가야 하는데요."

―그럼 우리 사무실로 오게.

"싫은데요?"

―아놔…… 끝까지 그럴래?

"오늘은 거기 갈 시간이 없다고요."

-그럼 내가 거기로 가지. 몇 시에 만날까?

"6시면 가능할 것 같은데……."

-알았어. 내가 그 시간에 맞춰서 가지.

"알았어요."

탁.

'참나, 누가 고객인지 모르겠네.'

휴대폰을 집어넣고 다리를 꼬며 출입문으로 시선을 돌리니 때마침 낯익은 신형이 눈에 들어왔다.

'오시네.'

특유의 중절모를 쓴 주경연 회장이 회전문을 밀며 들어서고 있었다.

얼른 다가간 담용이 어색한 웃음을 지어 보였다.

"하핫. 주 회장님, 오랜만입니다."

"거참, 별일일세."

담용을 보자마자 대뜸 하는 말이었지만 결코 호의적인 어투는 아니었다.

"뭐가요?"

담용은 모르쇠 하며 오히려 되물었다.

"난 또 네 녀석이 내 손녀의 일은 까마득히 잊은 줄 알았지."

"에이, 잊을 리가 있어요? 병을 봐줄 만한 깜냥이 안 되니까 함부로 나서지 못한 거죠."

"지금은 깜냥이 되고?"

주경연 회장의 눈초리가 게슴츠레해졌다.

여전히 그동안 연락 한 번 하지 않았던 섭섭한 마음이 잔
존해 있는 표정이 역력했다.

"깜냥이 된다기보다 한 번쯤은 상태를 봐야 할 것 같아서
요."

"봐 봤자 코마 상탠걸."

"예? 코, 코마요?"

"뭐, 계속 그런 건 아니지만……."

"아, 가끔 혼수상태에 빠진단 말입니까?"

"그려. 근래에는 점점 주기가 짧아지고 있기도 하고."

'헐, 그 정도로 중증인가?'

의사들도 손을 놓은 병증이란 말을 듣긴 했지만, 그 정도
일 줄이야.

담용으로서는 난데없는 얘기였다.

그렇다고 해도 담용 나름대로 믿는 구석이 있었기에 주경
연 회장을 찾은 참이었다.

믿는 바가 통하지 않는다면 담용으로서도 방법이 없긴 매
한가지였다.

"언제부터 심해진 겁니까?"

"그게…… 얼추 열흘은 됐을걸. 이쪽으로 오게."

그래도 은근히 기대하는 바가 있었던지 주경연 회장이 앞장을 서면서 푸념처럼 말을 내뱉었다.

"쯧, 지난 3년 동안 겨우 숨만 쉴 뿐인 불쌍한 아이네. 이 늙은이에게 화인처럼 박혀 있는 응어리이기도 하지."

"혹시 손녀가 가위에 눌리는 것을 본 적이 있습니까?"

담용은 영적인 존재일 수도 있음을 의심해 묻는 말이었다.

영적인 존재로 눌리는 경우를 체험한 사람들이 증언한 사례를 보면 이럴 경우는 거의 매일 가위 눌림으로 고통을 받는다고 했다.

심지어는 가위를 눌릴 당시 영적인 존재가 눈에 보인다고도 했다.

"글쎄다. 그런 경우는 없는 것 같은데…… 뭐, 나야 보지 못했을 수도 있겠지만, 지아 애미에게 물어보면 알 수 있을 걸세."

'일단 환자를 봐야 뭐라도 알 수 있겠군.'

그렇게 복도를 따라 주경연 회장의 뒤를 쫓으니 병동이 나왔다.

그렇게 복도 끝에서 승강기를 타고 올라 18층에서 내렸다.

걸음을 멈춘 곳은 1801호실 앞이었다.

"무균실이라 소독을 해야 들어갈 수 있어."

"아, 네."

주경연 회장을 따라 소독실로 가서 전신을 소독한 후, 마

스크까지 착용하고는 다시 나왔다.

"들어가지."

병실로 들어서니 특실인 듯 병상이 하나밖에 없었다.

담용의 시선에 생명 유지 장치인 산소 발생기에 의해 연명하고 있는 가녀린 여자아이가 들어왔다.

'쯧.'

연민이 일었다.

핏기 하나 보이지 않는 창백한 낯빛.

미미한 가슴의 기복.

가냘픈 숨소리.

하나같이 생명의 끝을 향해 치닫고 있는 모습이었다.

여자아이의 손을 잡은 주경연 회장의 입이 귓가로 향했다.

"지아야, 할애비 왔다."

애써 슬픔을 짓누르는 기색이 역력한 주경연 회장이었지만 말끝은 떨리고 있었다.

그때, 누군가 병실로 들어섰다.

"어머! 아버님 오셨어요?"

"오, 오냐."

지아의 엄마이자 주 회장의 며느리인 듯한 여자가 서둘러 손에 든 것들을 내려놨다.

모두가 물병이나 수건 같은 환자가 쓸 법한 용품들이었다.

"소독하고 온 게냐?"

"네. 마실 것 좀 드릴까요?"

"난 됐다. 저 친구에게나 권해 보렴."

"아, 네."

지아 엄마가 담용을 향해 돌아섰다.

담용은 첫눈에 지아 엄마가 무척 여성스럽다는 느낌을 받았다.

거기에 간호에 찌든 모습을 보이지 않으려 애쓴 흔적이 엿보이는 걸로 보아 사려가 깊은 성격임을 알 수 있었다.

"아, 안녕하세요?"

"아, 예. 처음 뵙겠습니다."

소개도 없이 대뜸 인사를 받게 되자, 당황한 담용이 얼른 허리를 접어 인사를 했다.

"이 시애비가 부탁 좀 했다."

"네?"

"저 친구에게 지아를 좀 봐 달라고 했지."

"아, 아버님, 그게 무슨 말씀이신지……?"

"신통력이 대단한 친구라서 말이지."

"아, 아버님."

지아 엄마 표정은 금세 울상이 됐다.

"에잉, 인상 좀 펴거라. 이 시애비가 어찌 네 맘을 모르겠느냐?"

"절대 안정이 필요하다고 했어요, 아버님."

그 한마디가 담용에 대한 불신을 대변했다.

마치 무당이나 요상한 방술사로 여기는 것 같은 표정이었다.

"무속인은 아니니 안심하거라."

"네?"

"심령술사도 아니다."

말하는 투로 보아 무당이나 심령술사까지 동원했었던 듯했다.

뭐, 담용에게는 그 말이 손녀와 딸을 위해 최선을 다해 왔다는 얘기로 들려왔지만.

"그럼……?"

"글쎄다. 나도 뭐라고 표현을 해야 할지 모르겠다만…… 아무튼 무려 1년을 졸라서 어렵게 데려온 사람이라는 것만 알고 있거라."

"……?"

잠시 의문의 띠던 지아의 엄마가 급히 입을 뗐다.

"아버님, 그럼 담당 의사를 불러올게요."

"일없다."

"네에?"

며느리의 놀란 눈을 본척만척한 주경연 회장이 담용을 쳐다보았다.

착각인지 얼핏 엄숙한 가부장으로서의 카리스마가 느껴지

는 주경연 회장이었다.

"담용아, 준비됐으면 한번 보거라."

"예."

지아 엄마에게 머리를 살짝 숙여 보인 담용이 침상 곁으로 다가갔다.

'건드리면 날아갈 것 같군.'

입바람에도 휘날릴 만큼 나약해 보이는 몸은 마치 바짝 마른 지푸라기 같았다.

그마저도 온전한 정신이 아닌 혼수상태인 모습.

혼수상태라면 뇌에 문제가 생겼다는 것은 상식.

'뇌라면 자신이 없는데……'

워낙 민감한 부위여서 전문의들이라도 그런 마음일 것이다.

더욱이 여리디여린 여아의 뇌라면 건드리기만 해도 잘못될 확률이 백 퍼센트였기에 담용은 그만 돌아서고 싶은 마음이 간절했다.

슬쩍 주경연 회장의 표정을 살펴보니 어딘가 모르게 기대에 찬 기색이었다.

이어서 여아의 엄마를 살피니 두 손을 꼭 잡은 채 딸이 행여 잘못될까 싶어 노심초사하는 모습이었다.

'후우, 우선 나디부터 보내 보자.'

전문의도 아닌 바에야 담용이 믿는 바는 나디밖에 없지 않은가?

주경연 회장의 말을 빌리면 손녀가 뇌종양 같은 뇌질환에 의한 병은 절대로 아니라고 했다.

예전에는 신경계 악성종양이라 했었는데, 최근에 들은 소식으론 그것도 아니라고 했다. 그래서 담용이 병명을 찾아보고 준비를 하지 못한 것이다.

어쨌든 그럼에도 불구하고 혼수상태라니 아이러니하지 않은가?

의사들이 정확한 병명과 치료법을 찾지 못하자, 심령술사나 무당 등에까지 손을 뻗친 것이다.

하지만 만사가 허사였던 것.

그러나 원인 없는 결과는 없는 법이다.

담용이라고 별 뾰족한 수가 있는 건 아니었지만, 그나마 2차 각성을 한 후라 치유 가능성 여부 정도는 알 수 있을 것같아 나선 것이었다.

가장 먼저 할 일은 나디로 뇌를 스캔함으로써 이물질의 존재 유무를 알아내는 일이었다.

'자기공명영상(MRI)에는 아무것도 나타나지 않았다는 얘기일 테고…….'

이는 시각적으로는 알아낸 것이 전혀 없다는 뜻이었다.

그에 반해 담용의 나디는 전적으로 감각에 의존하는 초능력이었다.

'후흡.'

두 손을 합장함과 동시에 차크라를 끌어 올려 운기에 들어갔다.

이어 전신에 1주천하고는 나디를 생성시켰다.

정제되지 않은 뭉툭한 나디가 담용의 손끝에 맺혔다. 아니, 그렇게 느껴질 뿐이지 실제로는 염력으로 전환된 상태였다.

원래 염력은 강력한 파워가 생명이었기에 거칠기 짝이 없다.

고로 몇 번의 정화를 거쳐 고농도로 농축시켰을 때야 비로소 부드러워지고 은밀해진다.

즉, 뇌에 주입할 수 있을 만큼 유연해진다는 뜻이다.

스윽.

담용이 검지를 지아의 정수리에 가만히 갖다 댔다.

움찔.

지아 엄마의 기척이 고스란히 느껴졌지만 담용은 나디의 조율에 집중했다.

먼저 스캔하듯이 나디를 천천히 내보내 영역을 조금씩 넓혀 갔다.

문제가 있다면 나디가 이상 유무를 알려 올 것이다. 아니, 감지가 될 것이었다.

심신일체이니 착각할 일은 없었다.

'뇌파가 무척 약하군.'

뇌의 활동이 그만큼 약화됐다는 의미이니 전류의 도출이나 증폭이 완만하다는 것.

그것을 증명이라도 하려는 듯 간헐적으로 느껴지는 뇌파가 금방 끊어져도 이상하지 않을 것처럼 약했다.

잠시 후.

'이상하네.'

나디의 스캔에 잡히는 게 아무것도 없었다.

하지만 소득이 전혀 없지는 않았다.

다름 아닌 가볍게 나아가야 할 나디의 진도가 마치 압박에 짓눌리는 듯이 전체적으로 묵직하다는 느낌이었다.

'뭔가 가로막고 있는 기분인데……. 어디 다시 한 번.'

담용은 차크라를 더 끌어올려 나디를 좀 더 정순하게 변화시켜 스캔을 시도했다.

천천히 아주 천천히.

티끌조차도 놓치지 않으려 해 스캔의 진도가 지루하다 싶을 정도로 시간이 걸리고 있었다.

그러다 보니 대뇌의 좌우 반구에 걸쳐 있는 이랑과 고랑이 확연히 느껴지고 있었다.

주름의 돌출된 부분이 이랑이고 움푹 파인 부분이 고랑이란 것쯤은 그동안 기억의 전도체를 공부하면서 알고 있었던 항목이었다.

더불어 대뇌와 소뇌, 중간뇌 등의 역할까지도.

건조하던 담용의 이마에 땀이 맺힐 즈음, 뭔가 강력하게 반발하는 느낌이 왔다.

'엉?'

강렬한 저항에 부딪친 나디가 일그러지자, 지그시 감은 담용의 눈가에 잔경련이 일었다.

'뭐지?'

나디의 감각에 형체가 잡히지 않았다.

그러나 무시하지 못할 힘에 막힌 것은 분명했다.

차크라를 조금 더 끌어올려 일그러진 나디에 밀어 넣어 힘을 보탰다.

그런데도 힘에 부치는 기분이었다.

'이놈이?'

담용이 차크라의 양을 더 보태려다가 잠시 망설였다.

그럴 수밖에 없는 것이 차크라를 더 주입했다가는 여아의 뇌가 버티지 못할 것 같아서였다.

결국 차크라의 양을 줄여야 했다.

그러나 미지의 힘만은 나디로 꽉 조여 놓치지 않았다.

뭉클뭉클.

꼭 달팽이를 손아귀에 쥔 기분이었다.

'넌 누구냐?'

살아 있는 생명체인 것 같아 심어를 실어 보냈다.

순간, 꿈쩍도 않고 있던 지아의 입이 약간 벌어졌다.

-키엑.

'엉?'

느닷없이 들려오는 발악 같은 괴성에 담용이 더 당황했다.

그런데 듣기에 거북하긴 했지만 어딘가 모르게 날카롭고도 뾰족한 괴성이었다.

당연히 담용에게만 들리는 괴성이었고, 미지의 존재는 지아의 입만 빌렸을 뿐이었다.

누군가 다가서는 기척에 슬쩍 곁눈질을 해 보니 입을 벌린 지아에게 다가오려는 며느리를 얼른 붙잡는 주경연 회장도 적지 않게 놀란 모습이었다.

'어디 다시 한 번.'

나디를 슬쩍 밀면서 심어로 물었다.

'넌 누구냐?'

-키에에엑!

조금 전보다 더 자극적인 반항이 튀어나왔다.

'씨발, 빙의로군.'

빙의라는 것을 금세 알 수 있었다.

그것도 뇌에 침투할 정도라면 영악한 악령일 확률이 다분했다.

나아가 지박령일 확률도 백 퍼센트다.

하루에도 수 명씩 죽어 나가는 대형 병원이니 십중팔구임은 자명한 일.

담용이 비록 퇴마사나 심령술사는 아니었지만 기억의 저편에서 워낙에 많은 책을 섭렵했던 터라 이쪽 방면에도 아는 것이 적지 않았다.

원래라면 다 까먹었을 내용이었지만 회귀하면서 보고 겪고 배웠던 것들을 전부 기억하게 되었다.

'어디 겁 좀 줘볼까?'

담용이 나디를 날카로운 침으로 변화시켰다.

-키아악! 키악! 키아아악!

자신을 위협하는 예기를 느꼈음인지 놈이 별안간 뇌가 터져 나갈 정도로 몸부림치며 발악을 해 댔다.

덩달아 지아의 입도 금방이라도 숨이 넘어갈 듯이 크게 벌어졌다.

'젠장 할.'

저토록 발악을 해 대면 여아가 위험할 것 같아 장침으로 변화시킨 나디를 얼른 순화시켰다.

살살 달랠 필요가 있어 물었다.

'이봐, 진정해.'

-캬아······.

'해치지 않을 테니 네 정체를 밝혀.'

-캬아······.

'나참. 누구냐고 묻잖아?'

－캬아…….

'좋아, 원하는 게 뭐야?'

－캬아아…….

'성질하고는…….'

나디의 떨림이 계속된다는 것은 놈이 무척 흥분해 있다는 증거였다.

아마 눈에 보였다면 날카로운 이빨을 드러내는 모습일 것이다.

문제는 악령이든 뭐든 몸이 약해질 대로 약해진 지아에게는 지극히 위험한 존재라는 것.

아무리 영혼 자체로는 물리적인 힘을 발휘하지 못한다지만 부드러운 뇌인지라 옅은 진동에도 심각한 문제가 생길 수 있었다.

영악한 놈이 지아의 중추신경계를 장악하고 있으니 온갖 치료와 약 들이 무소용일 것은 자명한 일이었다.

의사가 진료나 검사를 하면 숨어 버리고, 하지 않으면 지아를 괴롭히는 일을 수없이 반복했을 것이다.

'승악한 놈.'

당장이라도 처치해 버리고 싶은 심정이었지만, 지아의 생명을 먼저 고려해야 하는 일이었다.

'빌어먹을. 일단 후퇴다.'

현재로서는 적절한 판단이었다.

무엇보다 담용이 이에 대한 준비가 전혀 되어 있지 않다는 게 문제였다.

그래도 일단 놈의 정체가 뭔지를 알았다는 것.

이는 엄청난 소득이기도 했다.

아울러 마음의 준비와 초능력 중 이에 관련된 수법에 대한 적절한 선택이 필요했다.

순차적으로 나디를 거둬들인 담용이 차크라를 갈무리하고는 내심으로 길게 호흡을 내뱉었다.

'후우ㅡ!'

이어서 주경연 회장에게 나가자는 눈짓을 보냈다.

담용이 나가자, 주경연 회장과 지아 엄마가 따라 나왔다.

악령을 퇴치하다 Ⅱ

병원 휴게실.

이마에 송골송골 맺힌 땀을 닦아 내는 담용을 본 주경연 회장이 얼른 물어 왔다.

"어렵겠는가?"

'후훗, 예전이라면 다음을 기약했겠지요.'

2차 각성을 겪은 후라 빙의쯤이야 해결하는 건 그리 어려울 것 같지 않았다.

그렇다고 쉽다고 말하기도 어려운 난제이긴 했다.

악령도 본능적으로 위기를 느낀 나머지 다가오지 말라는 식으로 독기를 뿜어내고 있으니, 여간 조심하지 않으면 안 되었다.

담용의 대답이 없자, 답답했던지 주경연 회장이 다시 물어왔다.

"어허, 어떠냐니까?"

"대답을 하기 전에 먼저 하나 물어보죠."

"엉? 뭐, 뭔데?"

"심령술사나 무당이 무슨 말을 하지 않던가요?"

"아니, 전혀."

"확실합니까?"

"확실하네. 왜 그러나?"

"후우, 한 가지만 더 물어보죠. 손녀가 처음에 입원한 이유가 뭡니까?"

"맹장 수술 때문이었네."

'에? 고작? 역시 그때 빙의한 것이었어.'

짐작이 맞을 것이다.

"그때 마취에서 깨어났습니까?"

"깨어났지. 방귀도 뀌고 이상이 없었네."

"하면 퇴원할 때쯤 정신을 잃었겠군요."

"맞네. 별안간의 일이었지. 명의라고 불리는 의사들을 다 찾아가 봤지만 몇몇 질환을 의심할 뿐 정확한 원인을 찾지 못했다네."

'지아의 심신이 취약했을 때를 노려 빙의한 거로군.'

주지하다시피 빙의는 아무 때나 이루어지지 않는다.

생자生者의 영靈보다 강한 영혼을 지닌 사자死者의 영靈은 존재하지 않는다는 것이 정설이라 심신이 웬만큼 취약하지 않고서는 빙의 자체가 이루어지기 어렵다.

만약 빙의가 아무렇게나 이루어진다면 세상은 빙의한 자들로 넘쳐 날 것이다.

그러나 정신의학적 측면에서의 해석은 또 달랐다.

빙의 현상을 개인이 가지고 있는 또 다른 자아의 표출로 보고 다중 성격적인 증상으로 진단하고 있었다.

즉, 평소에 자제되어 있던 내재된 다른 인격이 표출되는 것으로 해석하고 있는 것.

"의학적인 병이 아니니 그럴 수밖에요."

"엉? 그, 그게 무슨 말인가?"

"믿기지 않으시겠지만 손녀는 지금 죽은 영혼에 의해 빙의된 상태입니다."

"엉? 비, 빙의라고?"

"예. 누군가의 영혼이 생자의 몸에 들어가는 현상을 두고 하는 말이지요."

"그럴 수가!"

"빙의라니요? 우리 지아가 귀신이 들렸단 말인가요? 대체 무슨 근거로 그런 말을? 말도 안 돼요!"

"어멈아, 조용히 하거라."

"흐흑, 아버님."

"이 일은 내가 알아서 하마. 그러니 너는 마음을 차분히 가라앉히거라."

엄하면서도 인자한 음성으로 며느리를 달랜 주경연 회장이 다시 물었다.

"빙의가 확실한가?"

"확실합니다."

"하면 방도는 있고?"

"손녀는 지금 조금 질이 좋지 않은 영혼에게 기를 빨려 가고 있는 중입니다."

"저, 저런!"

"더디긴 하지만 증상은 확실합니다."

"아, 악령인가?"

"순순히 저승으로 가지 못하고 유계를 떠도는 영혼이라면 전부 악령이라고 보면 맞습니다."

담용도 논리적으로는 그게 옳다고 여기는 사람들 중 일인이었다.

'뭐, 어째 껍데기만 남은 악령의 느낌이 솔솔 풍기는 걸 보면 이승에서도 진이 다 빠진 녀석일 게 분명해.'

빙의체인 지아가 워낙 약해져 있어 녀석도 혹시라도 숙주가 죽을까 조심하느라 겨우 버티고 있는 처지라는 것이다.

느낌이 딱 그랬으니 틀림없을 것이다.

악령과 조우한 시간은 잠시였지만 놈에게서 느낀 점은 한

두 가지가 아니었다.

어쨌든 빙의체가 죽으면 악령은 소멸되기 마련이라 놈도 그리 자유롭다 할 수 없는 점은 확실했다.

"헉! 가, 감히 어떤 놈이?"

"어떤 놈이 아니라 어떤 년인 것 같습니다."

"뭐? 계집이라고?"

"비명이 여자인 것 같아서요."

젊은 영인지 늙은 영인지는 아직 판단이 되지 않았다.

"비명을…… 들었다고?"

"예, 제가 겁을 좀 줬거든요."

"난 전혀 듣지 못했네만……."

"아, 제게만 해당되는 것이니 두 분은 들을 수가 없죠."

"아, 아. 아까 지아의 입이 벌어졌던 때였나?"

"맞습니다. 악령이 발악하는 증거지요. 그 때문에 지아가 위험할 것 같아 일단 후퇴를 했습니다."

"빙의라면 어째서 무당이 감지를 못 했지?"

톡톡톡.

"악령이 여기 대뇌에 깊이 숨어 숨을 죽이고 있었으니 웬만해서는 감지하기 어렵지요."

"뇌, 뇌에 숨어 있다고?"

"예, 대부분의 악령들은 정신을 지배하려는 성향이 강하니까요."

"거참. 우리나라에서 최고로 유명한 만신이었는데……."

뭐, 만신이라고 만능은 아닐 테니 못 찾을 수도 있을 것이다.

"영악한 악령입니다. 저도 겨우 찾았는걸요."

"어쨌든…… 치, 치료는 가능한가?"

"강신만 아니라면 다소 난관은 있겠지만 치유는 가능합니다."

"강신? 그건 또 뭔가?"

"몸이 신과 합일된 상태를 말하는 겁니다."

아직 거기까지 도달하지 못한 건 확실했다.

지아의 몸이 악령을 받아들이지 못할 정도로 약해져 있다는 것이 다행이라면 다행이랄까.

"아! 작두 타는 신들린 무당 같은 거 말인가?"

"뭐, 그런 셈이죠."

'잘 모르지만 비슷한 거겠지.'

"어쨌든 치료가 가능하다는 얘긴가?"

"가능하긴 한데…… 이런 쪽에 제가 경험이 없어서요."

"하면 무당을 불러 도움을 청할까?"

"에이, 그럴 필요까지는 없어요."

시끄럽고 성가시기만 할 것이다.

"그럼 심령술사는?"

절레절레.

역시나 마찬가지로 도움이 안 된다.

실제로도 영혼과 대화가 가능할 정도의 고명한 심령술사는 없다고 보는 담용이었으니까.

그런 점에서는 차라리 접신한 무당이 더 나을 것이다.

"그럼 혼자서 해결할 수 있단 말인가?"

싱긋.

"예."

"……!"

담용의 미소에 잠시 어이가 없어진 주경연 회장이었지만 곧 담용의 손을 덥석 잡았다.

"다, 담용 군, 잘 부탁함세."

말투에 통증이 그대로 묻어나는 주경연 회장의 마음이 그대로 전해졌다.

그것은 간절한 기원과 희망의 바람이었다.

"너무 걱정 마시고 저를 한번 믿어 보십시오."

몰랐다면 모를까 빙의한 것이 확실하니 퇴치 못 할 것도 없었다.

담용이 오들오들 떨고 있는 지아 엄마에게 다가가 말했다.

"아주머니, 제 말이 그리 썩 믿기지 않으리란 걸 압니다. 그렇지만 여태까지 백약이 무소용이었으니 한번 지켜보십시오."

"……?"

대답은커녕 의문부호만 가득한 지아 엄마의 얼굴을 뒤로 한 담용이 병실로 향했다.

"자, 손녀와 따님을 위해 용기를 내시고 같이 들어가 볼까요?"

"……!"

"지금 시작하려고?"

"미룰 일이 아니잖아요?"

"하긴…… 내가 도울 일은 없나?"

"주 회장님께서는 제가 방해받지 않도록 해 주시면 됩니다."

"그건 염려 말게. 병실 밖에 보초를 세워서라도 출입을 엄금할 테니까."

"하핫, 그렇게까지는……."

지아의 잠든 모습을 내려다보며 잠시 생각에 잠겼던 담용이 마침내 결정을 했는지 두 손을 합장했다.

정신을 모으기 위한 일종의 의식, 즉 퍼포먼스다.

'놈은 절묘한 위치에 숨어 있어.'

악령은 대뇌의 중앙부인 두정엽의 움푹 파인 고랑에 꼭꼭 숨어 있는 상태였다.

'아까는 정수리부터 시작했었지.'

담용은 나디를 둘로 나누었다.

즉 전두엽과 후두엽에서부터 나디를 침투시키기로 마음먹은 것이다.

나디를 이등분해서 움직이는 건 그리 어렵지 않다. 그렇다고 역할 수행이나 위력이 약해진 것도 아니었다.

문제는 나디를 이등분함과 동시에 각각의 염력 수법을 달리해야 한다는 점이 절대 쉽지 않다는 것.

그러려면 두 가지 이상의 초능력을 하나로 합치시키는 멀티플레싱 복합법이라는 고도의 수법을 동원해야 했다.

'일단은 악령이 위협을 느끼지 않도록 하는 게 중요해.'

바꿔 말하면 놈을 무장해제 시키는 것.

잠시 고민하던 담용은 왼손 중지는 지아의 이마 부분에, 오른손 중지는 뒤통수에 갖다 댔다.

이어서 염력 수법 중 이티머시(친밀감)를 먼저 왼손 중지에 발현시켜 나디에 이입시킨 후, 전두엽에 투입시켰다.

이어서 오른손 중지로 후두엽에 나디를 스포이트 모형으로 만들어서는 놈이 눈치채지 않을 만큼 얕게 묻어 놨다.

얕게 묻은 이유는 악령이 이티머시 수법에 정신이 팔릴 때까지 기다리기 위해서였다.

화학 실험 도구인 스포이트에 착안해 이것을 만든 건 놈을 기습해 빨아들여 나디 주머니에 가두기 위함이었다.

이제 그 어떤 영혼이든 기회가 오면 가두는 건 일도 아니었다.

담용의 경지는 스포이트보다 더 복잡한 구조물도 나디로 형상화시킬 수 있는 수준이라 만드는 것은 그리 어렵지 않았다.

'이 정도면……'

이등분한 나디를 제대로 심었다고 여긴 담용이 가만히 손을 뗐다.

이제부터는 순전히 감응으로만 나디를 조율해야 하는 시간인 것이다.

조율 역시 쉬운 게 아닌 것이 실제의 스포이트 형태를 유지하는 데 작은 양이나마 차크라가 소모되기에 그 양을 세밀하게 조절하는 것도 중요했다.

거기에 더해 텔레파시 수법까지 발현시켜야 했다.

즉 전두엽의 나디와 후두엽의 나디를 통신망처럼 연결해 서로 정보를 주고받게 하려면 고도의 집중력이 필요했다.

자연 집중하는 담용의 얼굴에는 시작도 하기 전에 이미 땀이 줄줄 흐르고 있었다.

'출발.'

때가 됐다 싶었던 담용이 전두엽의 나디를 움직였다.

이티머시로 완전무장을 한 나디라서 그런지 대뇌피질도 기분이 좋은지 유난히 번들거리는 질감을 내보이며 미끄럼을 타듯 부드럽게 흘러들었다.

그렇듯 시작은 순조로웠다.

잠시가 지나도록 악령은 기척이 없었다.

현재 악령은 눈먼 봉사나 다름없다.

빙의체인 지아가 눈을 감은 상태니 당연한 일이었다. 고로 담용이 어떤 행동을 취하든 알 길이 없다.

하나 악령답게 초월적인 감각은 여전히 시퍼렇게 살아 있을 것이기에 주의해야 했다.

'오!'

미미하지만 나디에 진동이 느껴졌다.

악령이 반응해 온 것이다.

그런데 나른해하는 기척 같은 느낌이었다.

담용은 조금 더 과감하게 이티머시 나디를 진입시켜 보았다.

수우우.

친밀감을 느낀 것인지 꼭 악령이 손을 뻗는 기분이었다.

담용은 그대로 녹아들도록 나디를 순한 양처럼 만들었다.

뭉클.

마침내 악령과 이티머시 나디가 조우했다.

이때다 싶었던 담용이 오른손 중지로 후두엽에 묻어 두었던 스포이트 모형의 나디를 진입시켰다.

'성공인가?'

악령이 경계하는 기척이 없으니 그런 것 같았다.

'흠, 양을 조금 더 보태 볼까?'

담용은 차크라를 운기해 이티머시 나디를 조금 더 활성화시켜 친밀감을 업그레이드했다.

얼마 지나지 않아서 악령이 기지개하듯 축 늘어지는 느낌이 전해졌다.

하기야 빙의체를 정하고 자리를 잡은 이후, 긴장의 연속선상에 있었을 게 뻔하니 극도의 피곤에 절어 있었을 것임은 당연한 이치다.

자연 보금자리가 전에 없이 안온해지자, 긴장이 풀어지면서 노곤함이 밀려드는 것은 순리라 할 수 있었다.

고로 수마에 잠기는 것 역시 당연한 일이었다.

하지만 잠이 든 것은 아니었다.

그렇다고 해도 악령이 이티머시 나디에 완전히 녹아들었음은 틀림없는 사실이었다.

'잠들길 바라는 건 어렵겠어.'

악령도 병실에 사람들이 와 있음을 알기에 기본적인 긴장까지 늦추는 일은 없을 테니 말이다.

그사이 나디 간에 텔레파시로 교류가 된 스포이트 나디가 이티머시 나디가 위치한 곳으로 정확하게 진입해 간 덕에 거리는 한층 가까워졌다.

'조금만 더.'

스포이트 나디가 악령에게 가까이 접근할수록 담용의 심상과 감각도 덩달아 한층 영활해지면서 긴장의 도가 절정에 달했다.

아울러 지금이 가장 중요한 시점임을 아는지 주경연 회장이나 지아 엄마도 숨소리조차 내쉬지 못하고 있었다.

'지금.'

악령에게 닿을 듯 접근한 거리라 스포이트의 공기 주머니를 쪼그라뜨려야 할 시점이었다.

담용은 악령이 눈치채지 못하도록 이티머시 나디를 더 농밀하게 만들어 친밀감을 높였다.

'엉?'

악령이 하품을 하고 있었다.

이때다 싶었던 담용이 재빨리 스포이트의 공기 주머니를 쪼그라뜨렸다.

화들짝!

공기의 파동을 감지했음인지 악령이 하품을 하다 말고 놀라는 기척이 느껴졌다.

'늦었어.'

담용은 악령이 반응하는 찰나, 쪼그라뜨렸던 공기 주머니를 풀었다.

쭈우욱.

ㅡ끼아아아악!

'억! 귀 따가워.'

악령이 고막을 강타하는 처절한 비명을 내뱉었을 때는 이미 늦은 후였다.

쩌억.

지아의 입이 전에 없이 크게 벌어졌다.

부울룩.

가슴의 기복도 크게 튀어 올랐다.

그러는 사이 담용은 차크라를 통해 이티머시 나디를 해제함과 동시에 스포이트 나디를 거둬들였다.

지아의 후두부로 마치 '뽀옥' 하는 소리가 나는 것처럼 시커먼 구체가 빠져나왔다.

아니, 검은 구체라기보다 진회색을 띤 원형의 기체라고 해야 옳았다.

본시 나디는 무미, 무색, 무형의 물체다.

하지만 지금은 스포이트 형태는 사라지고 눈에 보이지 않는 막으로 악령을 감싸고 있는 상태라 진회색의 구체로 보이고 있었다.

둥실. 둥실. 둥실.

나디는 마치 풍선처럼 허공을 떠다니고 있었다.

"주 회장님, 이거…… 보이십니까?"

"어, 보, 보고 있네."

"이놈이 지아의 뇌를 장악하고 있던 악령입니다."

"오오!"

주경연 회장은 허공에 둥둥 떠다니는 구체를 보고는 눈이 튀어나올 정도로 놀랐지만 궁금한 것부터 물었다.

"자, 잡은 건가?"

"예."

"어, 어멈아, 그렇다는구나."

"세, 세상에나……."

입을 가린 채 말을 잇지 못하던 지아 엄마가 얼른 딸에게 다가갔다.

"아직 충격을 줘서는 안 됩니다."

"그, 그래요."

"지아는 곧 깨어날 겁니다. 깨어나면 담당 의사를 부르셔서 진찰을 받아 보도록 하세요. 그리고 지아가 많이 약해져 있는 상태이니, 한동안은 입원해 있어야 할 겁니다."

"감사합니다, 감사합니다, 정말 감사합니다."

두 손을 맞잡은 채 연방 허리를 굽히는 지아 엄마의 눈에서 눈물이 하염없이 흐르고 있었다.

"고생하셨습니다."

담용은 그 말밖에 해 줄 게 없었다.

울룩불룩. 울룩불룩.

나디 풍선 안에서 발광을 해 대는지 좌충우돌하는 악령의 몸부림이 고스란히 드러나고 있었다.

"헐, 사나운 놈이로세."

"놈이 아니라 년입니다."

"아, 계집이라고 했었지."

"하하핫, 계집이라고 하기에는 나이를 많이 먹은 것 같네요."

"엉? 그게 보이나?"

"예, 제 눈에는요."

나디의 주인이었으니 당연한 일이었다.

"내 눈엔 그저 회색 공으로 보일 뿐이네."

"그럴 겁니다."

'호오, 자글자글한 주름에 비녀까지 꽂은 머리라……'

품새가 딱 무당이었고, 장소가 장소다 보니 이 병원에서 죽었음을 알 수 있었다.

"아무튼 보아하니…… 살아생전에 무속인이었던 것 같습니다."

담용의 눈에 일목요연하게 잡히는 장면은 독기를 품은 무당의 눈에서 시퍼런 광채가 줄기줄기 뿜어져 나오고 있다는 것이었다.

'헐!'

정말이지 지독히도 독살스러운 눈빛이라고 해야 하나?

그 눈빛만으로도 담용은 갈가리 난자당하는 기분이었다.

'기분 더럽군.'

바인더북

광기가 극에 이른 상태라 행여 놓치기라도 하면 큰일 날 것 같은 기분이 들었다.

"그, 그걸 어떻게 할 건가?"

"확실하게 없애려면 태워 버려야죠."

"그럼 어, 어서 태워 버리게. 잘못될까 봐 두렵네."

얼마나 당했으면 손사래까지 쳐 대며 질색하는 주경연 회장이다.

"그러죠."

'이리 와.'

진회색 구체가 담용의 손바닥에 살포시 안착했다.

뭐, 악령의 발악 땜에 구체의 형태라기보다 제멋대로 들쑥날쑥하는 불가사리 모양새였다.

혹시라도 일반인들이 보게 되면 기절초풍을 할 현상.

'파이로키니시스.'

화륵!

-끼오오오옷-!

불꽃이 타오르는 순간, 악령의 마지막 비명이 담용의 귀를 때렸다.

SM병원 지하 커피숍.

"그래, 부탁할 게 뭔가?"

손녀가 의식이 돌아온 때문인지 처음보다는 훨씬 부드러워진 어투로 물어보는 주경연 회장이다.

"들어주실 거죠?"

"웬만하면 들어줘야지 어쩌겠나? 그러려고 지아를 치료한 것 아니었나?"

"어? 그건 절대 아닙니다."

"흥."

"진짜라니까요. 그저 때가 공교로웠을 뿐이라고요."

"인석아, 믿길 말을 해라."

"아, 진짠데……."

억울하다는 표정을 자아낸 담용이 극구 변명하고 나섰다.

"제가 근래에 각성을 하는 바람에 지아를 치료할 생각을 한 거라고요. 그렇지 않았다면 어림도 없었다고요."

"각성? 그게 뭔가?"

"음…… 간단히 설명하기는 어려운데요. 예를 들면…… 아! 주 회장님이 주식만 거래하다가 선물 시장까지 영역을 넓힌 것이라고 보면 됩니다."

"호오, 그만큼 경지가 높아졌다는 거로군."

"맞습니다. 운이 좋았지요."

"쯧, 그런 특별한 재주를 그냥 썩히고 있으니 국가적으로 손해가 이만저만 아니군그래. 네가 원한다면 내가 정부 요로에 다리를 놔줄까?"

"어이구, 천만에요. 저는 지금도 충분히 바쁜 몸이니 제발 그런 말은 하지 마십시오."

'하이고오. 이 양반이 누구한테 덤터기를 씌우려고. 그리고 지금도 정부에서 일하고 있습니다.'

손까지 훼훼 저어 가며 극구 사양한 담용이 얼른 본론을 꺼냈다.

"주 회장님께서 소유하고 있는 강남 역세권 땅 말입니다."

일전에 담용이 권해서 주경연 회장이 구입한 토지로 아직 나대지 상태였다.

"그 땅은 왜?"

"혹시 계획이 잡혔습니까?"

"계획? 아직 없는데?"

"마냥 묵혀 둘 건 아니지요?"

"그랬다간 조만간 세금을 왕창 물어야 할걸."

"그걸 지어서 임대 사업을 해 보면 어떻겠습니까?"

"임대 사업?"

"예."

"그건 마 회장이 전문이잖아?"

"주 회장님도 노후 자금으로 빌딩 하나쯤 가지고 있는 것도 괜찮지요."

"빌딩이라면 네 녀석이 권해서 매입한 것만 벌써 네 채나 된다."

'쩝, 할 말 없네. 이러면 얘기가 안 되는데.'

"인석아, 뜸들이 말고 본론이 뭔지 확실하게 말해 봐."

"아니, 저…… 그 땅을 개발했으면 하고요."

"이넘이…… 오늘따라 왜 이리 의뭉거리나? 빨리 본색을 드러내지 못해!"

"히히힛."

"실없는 놈 같으니…….."

주경연 회장의 눈이 가자미눈처럼 한껏 좁아졌다.

"오냐, 주마."

"예?"

"네놈이 가져가서 죽이 되든 밥이 되든 마음대로 해 보란 말이다."

"뭐, 뭘요?"

"뭐긴 뭐야, 강남땅이지."

"에엑! 지, 진짜요?"

폭탄 같은 선언에 담용의 엉덩이가 들썩들썩했다.

"그래, 지아를 병마에서 벗어나게 해 준 상이다."

"와아! 만세-!"

급기야 감정이 격해진 담용이 자리에서 벌떡 일어나 저도 모르게 두 손을 번쩍 쳐들고는 환호성을 질렀다.

"이, 이놈아! 창피하게 무슨 짓이야?"

그 말처럼 주변 사람들이 죄다 담용을 쳐다보고 있었지만 그딴 것이야 아무래도 좋은 담용이었다.

"보라지요, 뭐. 감사합니다, 회장님."

넙죽. 넙죽. 넙죽.

담용의 허리가 삐거덕대며 비명을 질러 댔다.

"인석아, 공짜가 아니다."

"당연히 제게 전적으로 맡기신 거라는 걸 알죠, 히히힛."

"이윤을 내야 할 게다."

"암요. 멋지게 작품을 만들어 보일 테니 기대하십시오."

"오냐, 기대하마. 대신 시행사는 (주)대왕AM으로 하거라."

"하하핫, 물론이죠."

"시공사와 컨셉은 네 녀석 입맛대로 해."

"히히힛, 고맙습니다, 회장님."

컨셉이야 어떻게 되든 나중 문제였다. 강남땅을 거론한 이유가 애초에 시공사 선정 때문이었으니까.

"에구, 돈을 주체할 수 없을 정도로 모아 놓은 놈이 뭔 욕심을 더 부리는 게냐?"

"하핫, 써야 할 곳이 많거든요."

기실은 세상 밖으로 나와서는 안 되는 놈을 틀어막기 위해서였지만.

"아무튼 네 덕분에 10년 묵은 체증이 쑥 내려갔구나. 더불어서 지아 애비와 어멈에게 면목도 섰고. 고맙다."

"웬걸요. 다행히 제가 해 줄 수 있었던 일이라 저 역시 마음이 뿌듯합니다. 그리고 주 회장님과 제가 남이 아니니 지아는 제 조카가 되는 셈인데요, 뭐."

"그래, 그렇게 생각해 주면 좋고."

"아무튼 저도 축하드립니다."

"그려. 조만간 멤버들에게 한턱 쏴야겠구나."

멤버란 주경연 회장과 (주)거산실업의 마해천 회장 그리고 황금왕으로 불리는 고상도 회장을 말함이었다.

꼽사리로 낀다면 담용도 해당이 된다.

"또 부추비빔밥으로 할 거죠?"

"예끼, 녀석아, 이번엔 조금 더 비싼 영양밥으로 쏠 거다."

"에이, 그게 그거죠. 돈도 많으시면서…… 지아가 알면 섭섭해하겠어요."

"잉? 거기서 왜 지아가 나와?"

"아, 그렇잖아요? 지아가 알면 제 목숨값이 고작 영양밥 가치밖에 안 되냐고 할 것 아녜요?"

"지아가 알 리가 없잖아?"

"히힛, 제가 고자질할 건데요?"

"인석아, 지아가 얼마나 까칠한 아인데 널 만나 준단 말이냐?"

"생명의 은인이라면 만나 주겠죠, 뭐."

"끄응. 아, 알았다. 좀 더 고급으로 생각해 보마."

"히히힛."

"그건 그렇고 강남땅 외에 더 부탁할 건 없고?"

"하핫, 부탁할 거야 많죠. 회장님, 혹시 개발할 땅 좀 가진 것 있으세요?"

'왕창 밀어줘야 할 곳이 있다고요. 그러니 제발……'

"그건 또 왜? 개발하게?"

"예, 썩히면 뭐 합니까?"

"개발한다고 해도 시국이 너무 어렵잖아?"

"그런 걱정은 마시고요. 있어요, 없어요?"

곧 대통령이 IMF 차관을 전액 상환했다고 알림과 함께 대한민국이 IMF 위기서 완전히 벗어났다고 발표하게 되어 있다.

그날이 12월 4일이었으니, 채 한 달도 남지 않았다.

이는 곧 건설 경기의 회복을 뜻했으며 얼마 지나지 않아서 땅값이 천정부지로 치솟는 촉매제가 됐다.

담용으로서는 그 전에 챙길 것은 모두 챙겨 둘 작정이었다.

"쯧, 왜 없겠냐? 고양시와 광주에 개발할 만한 토지가 있지."

"하하핫, 그것도 저 주세요."

"허헛, 강도가 따로 없군. 그래, 가져가라 가져가."

손녀가 병마에서 벗어난 것이 그토록 기뻤던지 주경연 회장이 기분을 팍팍 냈다.

"히힛, 감사합니다."

"수일 내로 담당 직원을 네놈에게 보내마. 실무는 그놈하고 해. 됐지?"

"아, 그 전에 대충이라도 지역별로 면적과 용도를 좀 알려 주시면 좋겠는데요?"

"원 녀석. 대체 뭔 짓을 벌여 놨기에 번갯불에 콩을 볶아?"

"헤헷, 그럴 일이 있어서요."

"어련하겠냐? 알았다. 전화 넣으라고 하마."

"부탁합니다."

넙죽, 넙죽, 넙죽.

오늘은 담용의 허리가 유난히 삐걱대는 날이었다.

양경재 엿 먹이기 I

일본 오키나와 나하시 역사박물관 인근의 전통 가옥.

일본 특유의 축소된 정원과는 거리가 먼 전통 가옥의 뜰은 열대의 식물이 대부분을 차지하고 있었다.

이곳이 바로 일본 내각정보실이 비밀리에 운영하고 있는 에스퍼 본부였다.

본부장인 시미즈 겐조는 미국에서 급거 날아와 방문한 짐 머 코란트를 맞이하고 있는 중이었다.

"본부장님, 코란트 씨가 오셨습니다."

"아, 어서 모셔요."

비서의 말에 시미즈가 옷차림을 다시 한 번 점검하고는 출입문으로 다가갔다.

이윽고 시미즈가 한참이나 올려다볼 정도로 장신인 서양인이 들어섰다.

　"어서 오십시오. 본부장을 맡고 있는 시미즈 겐조입니다. 방문을 환영합니다, 코란트 씨."

　"아, 환대에 감사드립니다, 시미즈 본부장님. 레드폭스의 팀장인 짐머 코란트입니다."

　"하핫, 반갑습니다. 이리로 앉으시지요."

　"감사합니다."

　"먼 길을 오셨으니 일단 차로 목부터 축이시지요."

　"하핫, 일본의 전통차 맛이 어떤지 궁금하군요."

　"좋은 선택이십니다, 미치코 상."

　"네."

　"부탁해요."

　비서인 미치코가 미리 준비한 녹차를 가져와 두 잔을 세팅하고는 조심스럽게 따른 후, 뒷걸음질로 실내를 나갔다.

　찻잔을 두 손으로 받쳐 든 시미즈가 웃음을 머금으며 말했다.

　"한번 음미해 보시지요."

　"예."

　코란트가 시미즈와 똑같이 흉내를 내며 차를 한 모금 들이켰다.

　"어떻습니까?"

"아, 갈증이 풀리는 것 같습니다."

말이야 그랬지만 기실 어떤 맛인지 종잡을 수 없다는 게 솔직한 심정이었다.

그렇다고 솔직하게 표현할 수도 없는 일이라 목을 축이는 것으로 만족했다.

"마침내 대통령 선거라는 긴 여정이 끝났군요."

"아, 내일이면 결정이 나지요."

"하핫, 일본 시간으로는 8일이 되겠군요. 정권이 바뀔 것 같습니까?"

은근히 염려되는 일이 있는 듯한 표정이 엿보이는 시미즈의 기색이었다.

"글쎄요. 워낙 박빙이라……. 뭐, 누가 되든 저희 쪽 일은 변함이 없을 것이라는 게 중요하지요."

"아! 당연히 그렇게 되어야지요."

'후우, 교관들을 철수시키려고 온 건 아니구나.'

내심 한시름 놓은 시미즈가 말을 이었다.

"하면 무슨 일로……? 아, 무슨 일이든 협조를 아끼지 않을 것이니 기탄없이 말씀해 보시지요."

"하하핫, 시미즈 본부장님의 성격이 시원시원해서 좋군요."

"하, 하핫. 제가 성격이 좀 급합니다. 그런 만큼 업무도 화끈하게 하는 편이지요."

"아주 마음에 듭니다. 그럼 차도 한잔했으니 용건을 바로 말씀드리도록 하지요."

"그러십시오."

"부탁이 있습니다."

"예?"

'부탁이라니?'

고작 작은 부탁을 하려고 그 먼 길을 왔을 리가 없으니, 그 부탁이란 것이 결코 만만치 않으리라 짐작되는 시미즈였다.

"뭐, 뭔지 말씀을 해 보시지요."

"아시겠지만 이곳에 오자마자 저희 요원들을 만나 봤습니다."

"……예."

"아마테라스天照 요원들의 성취가 대단하다고 하더군요."

"하핫, 저도 들었습니다. 저야 뭐 직함만 본부장이지 그 성취가 어느 정돈지 감이 잘 잡히지 않더군요."

"아, 그래서 말입니다만 우리 플루토 요원들과 아마테라스 요원들 간에 교류전을 가졌으면 하는데, 어떻게 생각하시는지요?"

"교류전 말입니까?"

"예, 서로 성취한 바를 비교해 보는 거지요. 사실 에스퍼들의 특성상 어디다 대놓고 실험할 공간과 대상이 마땅치 않지요."

"그, 그렇지요."

"그래서 특정 장소를 지정해 거기서 서로의 특성을 시험, 비교해 보고, 또 대련도 해 보는 거지요. 그 과정에서 훈련만으로는 채울 수 없는 부분을 보완하는 것은 정말 중요한 일입니다."

"아! 말씀만으로도 공감이 갑니다."

사실 시미즈가 보기에도 실전이 거의 이루어지지 않고 있다는 점이 불만이긴 했다.

"코란트 씨, 우리 쪽에서는 거절할 이유가 없을 것 같은데요?"

"그렇다면 거기에 대한 협조 공문을 작성해 우리 쪽에다 보내 주시면 좋겠습니다."

"예? 이미 정해진 게 아니었습니까?"

"아시다시피 지금 선거 중입니다. 그리고 우리나 일본이나 에스퍼 요원이란 자원은 극히 귀하지요."

"아, 함부로 이동시키기 어렵다는 거군요."

"그렇지요. 더구나 레임덕 시기 아닙니까?"

'흠, 하긴 정권이 바뀔지 모르니 지금은 복지부동하는 것만큼 좋은 게 없을 테지.'

게다가 시기가 정말 묘한 것이, 빌 클린턴 정부의 요인들의 신경이 죄다 선거 결과에 쏠려 있어 웬만해서는 움직이지 않으려고 할 것이다.

"굳이 이런 시기를 택할 필요가 있습니까?"

"그동안 이런 기회를 만들려고 무던히도 노력했었지요. 하지만 최종 결정권자 선에서 허락이 떨어지지 않았습니다. 그런데 우리 본부장께서 이번 기회마저 놓치면 실전에 대비한 훈련이 어려울 것 같아 최종 결정권자의 내락을 받아 내려고 합니다."

"아, 아. 그래서 협조 공문으로 힘이 되어 달라는 거군요."

내각정보실에서 근무해 와 눈치가 빠른 시미즈가 단박에 알아챘다.

"맞습니다. 그 대가로 우리 측에서 내부적으로는 아마테라스 요원들에게 도움이 될 만한 에스퍼들을 대거 동원하기로 결정을 봤지요."

이건 두말할 것도 없이 아마테라스 요원들에게는 둘도 없는 기회였다.

아마테라스 본부가 생긴 지 어언 10년이다.

그동안 무수한 젊은이들이 자신도 모르는 사이 실험 대상이 됐고, 그중에서 초능력 자질이 있는 극소수의 젊은이들을 택해 비밀리에 훈련해 왔다.

물론 이 모든 일의 배후에는 CIA가 있었고, 일본 정부 역시 적극 호응해 에스퍼들을 양산하는 일에 주저하지 않았다.

그러나 다시 언급해도 여태껏 실전이 없었다는 것이 옥에 티였다.

에스퍼의 상대는 에스퍼일 수밖에 없었고, 능력 검증 또한 같은 동류여야 가능했다.

더구나 플루토 요원이라면 아마테라스 요원들보다 그 역사도 길고 또 한참 뛰어난 능력자들이 아닌가?

배울 것이 무궁무진할 것이다.

이건 몇몇 교관들의 능력으로는 채울 수 없는 절호의 기회였다.

망설일 것 없다는 듯 시미즈가 그 즉시 오케이했다.

"공문을 언제까지 보내면 되겠습니까?"

"지금 당장이면 최고겠지요?"

코란트가 엄지를 척 내세웠다.

선거 결과와 맞물린 시기에 승낙을 받겠다는 의도임을 눈치챈 시미즈가 자신에 찬 표정을 내보였다.

"알겠습니다. 일단 실장님께 보고드린 후 일을 진행하도록 하겠습니다. 아마 실장님도 시간을 끌지 않을 것입니다."

"믿겠습니다."

예의 카페 안으로 병원에서 볼일을 마친 담용이 들어섰다.

유상곤은 어디 가고 김덕기 혼자서 커피를 홀짝이고 있는 중이었다.

"어? 유상곤 씨는요?"

"아, 조금 전에 깍다귀 녀석이 움직여서 뒤를 밟으라고 했습니다."

"어디로 가고 있답니까?"

"강남 쪽인 걸 보면 말씀하신 대로 똥꼬 녀석이 아지트에 두고 온 물건을 가지러 가는 걸 겁니다."

"어떨 것 같습니까?"

"해결할 겁니다. 그 녀석이 겉보기에는 곰이지만 여우보다 더 영악하거든요, 허허헛."

"그래도 풀이 많이 죽어 있는 것 같아 보이던데요?"

"아, 그게……. 아직도 면직의 충격에서 벗어나지 못해서 그런 겁니다. 하지만 천성이 괄괄한 친구라 곧 나아질 겁니다. 녀석에게는 일감을 몰아주는 것이 명약이라 막 부려 먹을 생각입니다, 허허헛."

"하핫, 그렇다면 쉴 새 없이 일을 시켜야겠군요."

"하핫, 일거리만 많이 주시면 됩니다."

"끝나면 서초서에 알려서 똥꼬 녀석을 검거하도록 하세요. 우린 거기에 매달려 있을 시간이 없습니다."

"안 그래도 그럴 참이었습니다."

'아직 안 왔나?'

실내를 돌아보니 김기만이 보이지 않았다.

"누가 오기로 했습니까?"

"아, 제 전담 변호사요."

"잘하셨습니다. 투자는 전문 변호사에게 맡기는 게 안심이 되죠."

"예, 그래서 불렀는데 좀 늦나 봅니다. 박정호 씨는 확실히 온다고 했지요?"

"예. 말투도 그렇고 김도원 씨까지 언급했으니 꼭 올 겁니다. 이제 10분 정도 남았군요."

"그동안 커피나 한잔해야겠군요. 한 잔 더 하시겠어요?"

"저야 감사하죠. 제가 갔다 오겠습니다."

"그냥 앉아 계세요."

손을 저어 보인 담용이 자리에서 일어섰다.

"부드러운 라테 어떠세요?"

"저는 아무거나 좋습니다."

담용이 돌아설 때, 누군가 '턱' 하고 어깨를 짚었다. 동시에 맑은 음성이 귓전에 들려왔다.

"기왕이면 내 것도 한 잔 부탁해."

"어? 김 변호사님."

"안 늦었지?"

"예."

"다행이네. 오랜만이니 악수나 한번 하자고."

"정말 오랜만이네요."

덥석.

"마 회장님께 들으니 그렇게 잘나간다며?"

"노인네가 또 엔진도 부실한 비행기를 띄웠군요."

"엔진은 최신형이라고 했어. 안 본 사이에 빼는 버릇이 생겼군그래."

"아참, 인사하시죠. 저를 도와주고 있는 김덕기 씹니다."

"김덕기라고 합니다."

"김기만입니다."

"저는 커피를 가지고 올 테니, 김 선생님은 변호사님께 사정을 대충 말씀드리세요."

"그러죠."

40대 중반의 사내를 동반하고 카페에 들어선 박정호는 얼핏 보기에도 귀티가 나는 귀공자 스타일이었다.

김도원으로 인한 만남이었지만 서로가 초면인 이상 먼저 수인사부터 오갔다.

주저할 것 없다는 듯 담용이 먼저 자신을 소개하고 나섰다.

"육담용입니다."

명함을 건넸다. 상대에게 신뢰를 주기 위한 센추리홀딩스의 이사직 명함이었다.

"박정호입니다."

"김기만 변호사요."

"벼, 변호사요?"

뜻밖의 신분에 박정호가 어리둥절해했다.

"오늘 얘기에 따라 필요하다고 해서 참석한 겁니다."

"아, 예. 그럼 아까 전화한 분이신지……?"

"전화는 내가 했소. 김덕기요."

고개만 끄덕여 보인 김덕기는 팔짱을 끼고는 관망하는 자세를 취했다.

"아, 예. 상무님……."

"이한웅입니다. 여기……."

"예. 반갑습니다."

담용이 명함을 주고받았다.

상무이사란 직함을 가진 이한웅이었다.

박정호가 웬만한 문제는 책임지고 말할 수 있는 인물을 대동하고 온 셈이었다.

"도원이와는 어떻게……?"

"아, 제 절친입니다."

"어? 그래요?"

박정호가 의외라는 듯 휘둥그레진 눈으로 담용을 쳐다보더니 말했다.

"고등학교 때 자주 어울리면서 누구보다 각별했던 사이라

저도 나름 절친에 속하는데…… 혹시 학교 동창입니까?"

"아닙니다. 직장에서 만났습니다."

"아, 아. 무슨…… 체인인가 하는 무역 회사 말이죠?"

"예, 원상체인이라고…… 거기서 만나 친하게 됐지요. 지금은 저희 할아버님의 복지관 사업에 본부장을 맡고 있지요."

"아, 얼핏 얘기는 들었습니다. 그렇지 않아도 한번 방문하겠다고 했었는데, 회사 사정이 여의치 않아서 여태 가 보지 못했네요. 이것 참……."

새삼 미안했던지 머리를 긁적이는 박정호다.

'성격이 괜찮은 친구로군.'

"회사가 안정되면 한번 들르세요. 도원이가 무척 반가워할 겁니다."

"하핫, 이거 도원이와 친하시다니 동질감이 드는지 다른 걸 다 떠나서 갑자기 더 반가운 느낌입니다."

"하하핫, 저 역시 마찬가집니다."

두 젊은이의 대화로 자칫 어색하게 흐르기 쉬웠던 분위기가 대번에 전환되면서 화기애애해졌다.

"하하핫, 친구의 친구라면 족보가 어떻게 됩니까?"

"그야…… 친구가 아닐까요?"

"친구라면 존대는 어색하기 짝이 없죠? 지금부터 틀까요?"

담용이 먼저 제의를 했다.

"어? 저도 그러고 싶었는데…… 에이, 그냥 틉시다."

"조오치. 그런 의미에서 악수 한 번 더 하자."

"그래, 친구."

꽈악.

"하하핫, 이럴 때는 술이 있어야 제격인데, 커피 가지고 양이 찰지 모르겠네."

"뭐, 이따가 한잔하지 뭐. 어때?"

"찬성! 도원이도 부르자고."

"그렇지. 중매쟁이를 빼면 서운타 할걸."

"하하핫, 그거 말 되네."

"그럼 빨리 일을 끝내 볼까?"

"좋지."

몇 마디 너스레로 시작된 대화 중에 금세 친구 사이가 되어 두 사람은 호칭도 말투도 바뀌어 버렸다.

자연 분위기는 또 한 번 급격하게 변했다.

그러니까 '어어' 하는 사이에 전개된 분위기로 인해 나머지 사람들은 말 한마디 못 하고 도매금으로 넘어가 버린 셈이었다.

담용은 이쯤이면 분위기가 무르익었다고 여겨 곧바로 본론으로 들어갔다.

"얼마 전에 도원이 그 친구에게서 성산건설이 경영난에 처해 있다는 말을 들었어."

"허, 그 친구도 참. 뭐, 술 한잔 걸치고 하소연한 적은 있지. 요즘 어려운 회사가 우리뿐만은 아니니까."

"정호, 단도직입적으로 말하지. 널 여기로 불러낸 건 내가 성산건설에 투자하기 위해서야."

"뭐? 투, 투자?"

"그래. 그래서 말인데 위기를 벗어나려면 얼마의 자금이 필요하냐?"

"헐."

직설적이라고 해도 전개가 너무 빨라서인지 박정호가 일시 말을 못 하고 담용의 얼굴만 빤히 쳐다보았다.

그때, 이한웅 상무가 나섰다.

"제가 말해도 될까요?"

이한웅은 담용이 변호사까지 대동하고 나온 것을 그냥 넘기지 않았던 터라 말투에 신중을 기했다.

"어? 상관없습니다."

"솔직히 회사가 경영난에 처한 건 맞습니다. 어려움에 처하게 된 결정적인 요소는 회수되지 않은 자금 때문입니다. 그러나 주주들은 그보다 향후의 건설 수주 계약이 없다는 것을 더 문제 삼고 있습니다. 그래서 말씀은 감사하나 투자는 사양합니다."

"아!"

담용도 말뜻을 알아들었다.

투자해도 비전이 없는 한 당장의 땜빵식에 불과할 뿐이라는 것.

"남이라면 모르겠으나 친구분이시니 하는 말입니다."

'방법을 달리하면 되지.'

"그렇다면 이건 어떻습니까?"

"어떤……?"

"아직 서류 준비가 덜됐습니다만 건설 회사이시니 잘 아시리라 봅니다. 강남 역세권의 나대지를 아시지요?"

"아, 예. 그런데 얼마 전에 팔렸다고 들었습니다만……."

한동안 워낙에 유명세를 떨쳤던 땅이었으니 모를 리가 없다.

심지어 수도권이나 지방에 위치한 부동산 중개인조차도 알고 있을 정도의 땅이었으니 박정호가 모를 리가 없었다.

"맞습니다. 그런데 그 땅의 권한이 제게 있거든요."

"어? 담용이 네가 소유자라고?"

"아니."

"그럼 방금 그 말은 뭐야?"

"소유자는 (주)대왕AM이지만 내가 권한을 행사하는 사람이란 뜻이지."

"저, 정말이야?"

"야, 넌 속고만 살았냐? 친구 말은 믿어야지."

"아, 미안. 그럼 그에 관한 서류는 있고?"

법적으로 효력이 있는 서류를 말함이다. 이를테면 시행 권리에 대한 위임장 같은 제반 서류.

"원한다면 갖추지 뭐. 별로 어려운 것도 아니니까."

"제발 그래 주라. 근데 시공을 우리 회사에 맡기려는 거야?"

"응, 내일이라도 시공 계약서를 쓰자고."

"하…… 하핫."

"투자금도 받아. 그러려고 만나자고 한 거니까."

"대박. 고, 고마워, 친구."

"아직 고마워하긴 일러. 또 있으니까."

"또?"

"응."

"뭐, 뭔데?"

"고양시에 12만 평의 개발 부지가 있어."

"시, 십이만 평!"

"지하철 3호선 원당역 인근이라고 했으니 위치로는 나쁘지 않은 자리일 거다."

"아, 알 것 같다. 예전에 땅주인들과 몇 번 접촉도 해 봤어. 잘 안 됐지만……."

"그리고 용인시 처인구 역북동에도 6만 평의 토지가 있지."

담용은 백광열에게서 넘겨받은 땅까지 죄다 성산건설에 맡길 참이었다.

기왕에 나선 참이다.

건설 회사 하나 소유해서 나쁠 것은 없었다.

아, 대주주 자격으로서 말이다.

"하!"

"⋯⋯!"

박정호와 이한웅의 표정이 참으로 가관이다.

그럴 것이 담용이 너무도 전격적으로 따따따 하다 보니 오히려 믿기지 않는 듯한 기색이었다.

급기야 박정호가 처인구 역북동 토지에 관심이 혹했는지 얼른 물어 왔다.

"역북동 땅이 6만 평이나 된다고?"

"왜 욕심나냐?"

"그걸 말이라고 해? 우리도 들은 정보가 있어서 말이다."

건설 회사라면 어떤 지역이든 개발 정보쯤은 건너 듣더라도 들었을 테니 그 말은 이해가 갔다.

"토지 가격이 너무 올라서 구입하려다가 그만둔 곳이야."

"왜? 아파트 사업을 해 보게?"

"이거 왜 이래? 우리도 꽤 많이 지었다고."

담용을 한번 째려본 박정호가 물었다.

"한 평이 얼마나 돼?"

"글쎄다. 대략 2백만 원쯤?"

"헐, 그새 또 올랐네."

"얼마였는데?"

"150만 원 이쪽저쪽."

'우리가 매입한 가격이군.'

6만 평을 9백억 원에 샀으니 대충 맞아떨어진다.

"혹시 토지 공사에 수용되는 지역 아니냐?"

"천만에. 아슬아슬하게 벗어났어."

"우와아! 대박이다!"

대번 환호성이 터지는 걸 보면 확실히 건설통이라 그런지 수용되는 지역보다 그 주변 토지의 가치를 잘 알고 있는 것 같았다.

도시계획으로 녹지 부분이 조금 빠지겠지만 못해도 5만 평은 개발할 수 있을 것이니 공사 규모가 결코 적지 않았다.

욕심이 생긴 박정호가 농담 반 진담 반으로 슬쩍 말을 던졌다.

받아 주면 좋고 안 받아 준다면 농담으로 치부하면 된다.

"담용아, 그거 우리 주면 안 되겠냐?"

회사의 사정이 쉽지 않아서인지 저절로 말투에 간절한 마음이 담겼다.

마치 수많은 감정을 다지다 못해 꾹꾹 눌러 놓은 것 같은 심정이랄까.

"응, 가져가."

"헉! 지, 진짜?"

뭐가 이리도 쉽단 말인가?

"저, 정말이지?"

"그렇다니까."

"하…… 하하핫."

박정호의 입이 초승달처럼 치솟았다.

"그래, 처음부터 너 주려고 가지고 온 토지였으니까."

"고, 고맙다."

박정호가 담용의 손을 잡고 흔들며 속으로 생각했다.

'이 친구는…… 뭐든 쉽게 처리하는 성격이구나.'

말 한마디 행동 하나가 어려운 게 전혀 없어 보였다.

자신은 죽었다 깨어나도 이러지 못할 것이다.

"내가 이윤 하나는 확실히 챙겨 줄게."

박정호는 벅차오르는 마음만큼 해 줄 것이 없다는 것이 아쉬웠지만, 지금으로선 이 말밖에 할 수 없었다.

"하핫, 기대하지."

"그래, 기대해도 좋아."

박정호는 당장은 회사의 수익보다 유지해 나갈 수 있는 일감이 생겼다는 것에 만족했다.

담용도 사정은 알지만 굳이 사양하지는 않았다.

꽤나 벅찼던지 눈가에 얼핏 습막이 드리워지는 박정호다.

실제로 박정호는 지금까지 있었던 일이 꿈이 아니기를 간절히 빌고 있는 중이었다.

그만큼 절박한 처지라는 것.

그러나 설사 상대가 그런 처지를 알고 있다손 치더라도 내색할 수는 없었다.

"케파가 꽤 될 것 같지?"

"당연하지. 최소로 쳐도 땅값만 1천2백억 원이다. 가설계를 해 봐야 계산이 나오겠지만, 이건 그냥 때려잡아도 총공사비가 조兆 단위는 가볍게 넘길 것 같다."

성사만 된다면 그야말로 성산건설 창사 이래 초대박 수주가 될 것이었다.

그래서인지 흥분한 박정호의 얼굴이 벌겋게 변하면서 눈가에 맺혔던 습막이 증발해 버렸다.

옆에 앉은 이한웅도 내심으로 흥분하는 눈치였지만 애써 침착하려는 모습이 역력했다.

하지만 말로만 주고받는 허세나 다름없는 상황이라 보다 현실에 근접한 증표가 필요한 시점이었다.

'훗, 이럴 때 결정타가 필요하지.'

시간을 질질 끌 필요가 없는 일에 단 1초라도 허비하고 싶은 생각이 추호도 없는 담용이었다.

"우선 그 정도로만 알고 있어. 당장 급한 건 투자 자금이니 그것부터 받아."

"엉? 투, 투자 자금을······ 받으라고?"

"그래, 돈이 없어서 맥시멈환경인가 뭔가 하는 놈들한테 시달리고 있다며?"

"헉! 그, 그것까지 알아?"

"투자하려면 제대로 알아야 하니 좀 알아봤지. 생각을 해 봐라. 달이 해를 품으면 어떻게 되겠어? 아니, 참새가 코끼리를 먹는다고 생각해 봐. 그걸 제대로 소화나 시키겠냐고? 그것도 경영의 '경' 자도 모르는 양아치 새끼가 꿀꺽한다는 게 말이 돼?"

"······!"

'헐, 이 친구······ 대체 어디까지 알고 있는 거야?'

박정호는 맥시멈환경 오너의 정체까지 파악하고 있는 담용이 새삼 달리 보였다.

'양아치 새끼?'

그 말을 들으니 조금 통쾌한 마음이 들었다.

그만큼 당했었으니까.

'졸부의 자식은 아닌 것 같군.'

처음에는 웬 졸부의 아들인가 싶을 정도로 덜렁댄다 싶었는데, 말을 들으면 들을수록 그런 부류와는 거리가 멀다는 느낌이었다.

그렇다고 해도 사실 쉽게 믿길 만한 얘기가 아닌 것은 마찬가지였지만 말이다.

말로야 태산인들 못 옮길까?

투자든 토지 개발 건이든 제반 서류가 제대로 갖춰진 후에야 믿길 일이었다.

아울러 김도원에게 담용이 어떤 사람인지 자세히 물어봐야겠다는 생각이 들었다.

'아, 꾸물댈 시간이 없구나.'

도무지 궁금해서, 아니 정말 말대로 가능한 것인지 확인을 해야 마음이 편할 것 같았다.

더욱이 이보다 더 급한 일도 없지 않은가?

'그래, 지금 당장 알아보자.'

생각은 잠시 박정호가 자리에서 일어섰다.

"얘기 도중에 미안한데 잠시 화장실 좀……."

"어, 다녀와."

박정호가 자리를 떠나는 것을 본 담용이 이한웅에게 물었다.

"상무님, 정확히 얼마가 있으면 해결이 되겠습니까?"

"노, 농담이 아니시군요?"

"저 그렇게 한가한 사람이 아닙니다. 얼마가 필요한지 말씀해 보십시오."

"당장 급한 금액은 9백억 원입니다."

"좋습니다. 내일 여기 김 변호사님을 통해 입금시켜 드리도록 하지요."

바인더북

"……!"

"김 변호사님, 투자의향서 양식 있죠?"

"그거야 기본이지."

"오늘 여기 왔다간 흔적을 회사에 제출하게 해 주세요."

"그러지."

BINDER
BOOK

양경재 엿 먹이기 Ⅱ

김기만이 서류를 꺼내 작성하는 사이 화장실에 도착한 박
정호는 김도원과 통화를 하고 있었다.

–방금 담용의 말이 진짠지 어면지 의심스럽다고 했냐?

"응, 네 친구라고 하니 웬만하면 그냥 넘어갈까 했지. 근
데 워낙 믿기지 않는 말만 해서 도무지 종잡을 수가 없어서
말이다. 알다시피 우리가 지금 애먼 말을 듣고 앉아 있을 입
장이 아니잖아?"

–담용이가 무슨 말을 했는데?

"그게…… 강남역 역세권 토지하고 고양시와 용인시에 땅
을 제공하겠다는 거야. 또…… 우리 회사에 투자하겠다고 했
어. 대체 뭐 하는 친구기에 저렇게 말을 아무렇게나 남발하

는 거냐?"

─정호야.

"응?"

─그냥 믿으면 안 되겠냐?

"미, 믿으라고?"

─그래, 내가 담용이에게 너를 좀 도와 달라고 부탁했다. 딱히 방법을 제시한 건 아니지만 도움이 돼 줬으면 좋겠다고 말이다.

"아, 그, 그건 고마운데……."

─정호야, 내가 재단법인 복사골노인요양복지시설 본부장이라고 말했었지?

"그래, 알아."

─이거 실질적인 주인이 담용이라면 믿겠냐?

"뭐?"

─처음부터 모든 자금을 댔으니 담용이 거나 마찬가지라고. 그게 천억 원이 넘어. 그리고 구로구에 있는 성수병원도 담용이 거고. 그 외에도 있는 걸 알지만, 나도 다 알 수 없을 정도로 부자야.

"……!"

'이 친구…… 대체 돈이 얼마나 많은 거야?'

─그러니 나를 믿듯이 담용이를 믿어 주면 좋겠다. 알았어?

바인더북

"……!"

―야! 왜 대답이 없어?

"아, 아, 알았어. 이, 이따가 보자."

―여기 오려고?

"아니, 이따가 저녁에 담용이가 너랑 셋이서 술 한잔하자더라."

―그거 좋은 소식이긴 한데…… 여기에 일이 생겨서 오늘은 못 가.

"어? 그래?"

―응, 다음에 보자고.

"아, 앗았어. 너와 통화한 거 담용이에게 비밀이다."

―후훗, 알았어.

"고맙다. 나, 가 봐야 돼."

―그래, 수고.

통화를 끝낸 박정호가 한결 편해진 마음으로 부랴부랴 자리로 돌아왔다.

"어? 정호야, 이 상무님 말씀이 회사에 당장 급한 금액이 9백억 원이라고 해서 지금 김 변호사님이 투자의향서를 작성하는 중이고, 내일 아침에 방문해서 투자 계약이 완료되면 입금시키기로 했다. 오케이?"

"나, 나야 황송하지."

김도원에게서 들은 얘기도 있었던 터라 박정호는 손바닥

만 비벼 댈 뿐이었다.

"이 기회에 맥시멈환경으로 돌아선 주주들을 정리해 버리는 것도 괜찮겠다."

"안 그래도 그럴 생각이다. 그동안 돈이 없어 행동에 나서지 못한 거야."

"계약이 끝날 때까지 여기서 있었던 얘기는 비밀로 해야 할 거다. 그렇죠, 상무님?"

"회장님께만 보고를 드리는 걸로 할 겁니다."

툭.

김기만이 투자의향서를 쓰다 말고 팔꿈치로 담용의 겨드랑이를 치며 물었다.

"센추리홀딩스로 할 거지?"

"그래야죠."

"마 회장님도 아셔?"

"모르셔도 제가 하면 하는 겁니다."

'헐, 많이 컸네.'

불과 1년 만에 부동산왕이라 불리는 마해천 회장이 인정했다면 그야말로 괄목상대가 아닐 수 없어 김기만은 내심 크게 놀랐다.

"내일은 수고 좀 해 주셔야겠습니다."

"나야 돈을 받고 하는 일인데 수고랄 게 없지. 안 그래도 요즘 일이 없어서 내내 자빠져 놀았더니 뼈와 뼈 사이에 석

회가 잔뜩 낀 기분이었거든."

"에이, 엄살도 정도껏 부리세요."

"아, 진짜라니까 그러네."

"하하핫, 정말이라면 당분간 정신없이 움직이게 해 드리죠. 토지가 정리되는 대로 성산건설과 계약해야 할 건이 많을 테니 좀 바쁠 겁니다."

"하핫, 나야 그래 주면 땡큐지."

대화를 하면서도 투자의향서를 작성하던 김기만이 물었다.

"투자 금액은 얼마로 할 거야?"

"한 장으로 채우죠."

"1천억 원?"

"예."

'대체 어쩌려고?'

투자는 최소, 효과는 최대.

이것이 투자의 철칙이자 좌우명이다.

그런데 이 녀석은 그와 반대로 행하고 있었다.

그런다고 해서 성산건설에서 다 내줄 리가 없음에도 말이다.

김기만은 한마디 하려다가 그만뒀다.

바보일 리가 없으니 오히려 이렇게 거침없이 행해 나가는 저돌성에서 뭔가 계획이 있음을 짐작해서다.

"다 됐다. 한번 살펴봐."

김기만이 건네주는 투자의향서를 훑어본 담용이 박정호에게 건넸다.

투자의향서란 것이 실행이 되지 않으면 휴지 조각에 불과한 것이라지만, 때에 따라서 그것이 가지는 상징성은 무시할 수 없었다.

매각 직전에 처한 성산건설의 경우, 1천억 원짜리 투자의향서 한 장이 작금의 상황을 반전시키는 결정적 카드가 될 수도 있었다.

그래서 설사 투자의향서가 요식행위에 불과할지라도 절차를 밟는 이유는 회사 내에서 박정호의 위상을 업시킴과 동시에 실적을 갖춰 주려는 담용의 배려였다.

"내일 온다고?"

"응, 나는 못 가고 김 변호사님이 갈 거다. 앞으로도 김 변호사님과 모든 걸 상의하면 돼. 투자금이든 토지 개발계획이든 모조리 다 해당되니 그리 알아."

"하! 그 정도로 바빠?"

"미안. 내가 좀 그런 편이니 이해해라. 대신 오늘은 코가 비뚤어지도록 마셔 보자고."

담용은 성산건설 차기 오너에게 하루쯤은 봉사할 작정을 한 터였다.

"알았어."

"김 변호사님이 워낙 꼼꼼한 분이라 대충 준비해서는 안 될 거다. 숨기는 것도 없어야 하고."

"치부까지 다 드러난 마당에 더 숨겨서 뭐 하겠냐? 그러니 그 점에 대해서는 염려하지 않아도 돼."

"그리고…… 하나 물어보자."

"뭔데?"

"이번 일이 해결되면 네 아버님이 물러나고 네가 대표로 나설 수 있어?"

"어? 내, 내가 대표가 되라고?"

"그러는 게 좋을 것 같아서."

"……!"

느닷없는 요구에 박정호가 이한웅을 쳐다보았다.

"그 대답을 하기 전에 투자금의 용도가 뭔지를 알아야 합니다."

"당연히 투자 금액만큼 사주 지분을 요구할 겁니다."

"그럼 그 지분을 몽땅 몰아주겠다는 말이군요."

"당연하지요."

"그렇다면 가능할 것도 같습니다. 회사가 팔리면 어차피 물러나야겠지만 정상화된다고 해도 이번 일로 회장님의 건강이 많이 나빠져 경영 일선에서 물러나기로 하셨거든요."

"아…… 혹시 다른 걸림돌은 없습니까?"

"저희 측은 일단 외세에 대해 합심해서 대응하는 모양새는

갖추고 있는 셈입니다."

'말이 어째…… 뜨뜻미지근하네.'

그러나 이한웅이 궁금증을 금세 풀어 줬다.

"자금이 해결되고 회사가 정상 궤도에 오르면 문제가 될 소지가 있다고 여기시면 편할 겁니다."

해결이 돼도 자중지란의 소지가 있다는 뜻으로 들렸다.

"문제라면 어떤……?"

"아무래도 사주의 동생분들이 되겠지요."

"흠, 조카가 사주가 되는 것을 반대하는 겁니까?"

"그보다는 당장은 사주에 도전하기 어려우니 주식 지분을 더 확보하는 데 힘을 쓸 거라는 거죠."

참 많은 것을 시사하는 말이다.

첫째는 사주의 지분에 비해 아우들의 소유 지분이 적다는 것.

둘째는 돈을 가지고 있음에도 회사가 넘어갈 때까지 내놓지 않고 있다는 것.

이는 회사가 망해도 자신은 잘 먹고 잘 살겠다는 이기주의자들이란 뜻.

셋째는 기회가 오면 수단과 방법을 가리지 않고 우호 지분을 만들어서라도 회사를 차지하겠다는 것.

'푸헐, 이건 뭐, 콩가루 집안도 아니고…….'

"이 상무님, 상무님이 보시기에 정호가 경영주의 자질이 있는 것 같습니까?"

"박 부장에게는 오너의 자질이 있습니다."

신중하리라 여겼던 이한웅의 입에서 거침없이 나오는 말이었다.

'호오, 의왼데?'

보기에는 샌님에 가까운 귀공자인데 보기보단 다른 면이 있는 것 같다.

"그 이유는요?"

"하하핫, 다른 걸 다 떠나서 육담용 씨를 알고 있다는 자체만으로도 50퍼센트는 따고 들어간다고 봐야지요."

'인맥을 말하는 건가?'

이한웅은 인맥을 상당히 중요시해서 거기에 점수가 후한 듯했다.

하기야 대한민국 사회에선 뭘 하든 인맥이 없어서는 성공하기가 힘들긴 했다.

"그건 인맥을 말하는 건가요?"

"맞습니다. 건설 회사에 입사해서 임원이 되기까지 재직하다 보니 느낀 것이 있는데, 인맥만큼 영향을 미치는 것도 없다는 것이었습니다. 이를테면 수주 계약서에 도장을 찍기 전에는 안심할 게 하나도 없다는 것이죠. 이 말은 인맥을 통해 쳐들어온 회사에 뺏기는 일이 허다한 판국이란 얘기지요."

"관급 공사를 주로 해 오지 않았나요?"

대부분 공개 입찰이라 인맥이 별로 통하지 않는 공사였음을 에둘러 지적하는 말이었다.

"그렇죠. 하지만 관급 공사는 장점이 딱 하나밖에 없다는 겁니다. 공사비를 차질 없이 제때 주는 것이죠."

"그거면 거의 해결되는 것 아닙니까?"

"그 대신에 나가는 게 많죠."

"예? 나가……다뇨?"

"아, 여기저기서 손을 내미는 곳이 많다는 겁니다."

"아, 아…….."

앞으로 남고 뒤로 밑진다는 뜻이다.

'개새끼들.'

중인환시에 쥐 놓고 뒤꽁무니로 뺏어 먹는 족속이 공무원들임을 어찌 모를까.

어쨌거나 이런저런 명목으로 뺏기다 보면 남는 게 별로 없다는 얘기다.

그렇다고 부실 공사로 이윤을 남길 수도 없는 것이, 차기 수주에 지장이 있으니 그것도 못할 짓이다.

"아무튼 저 같은 인맥을 가지고 있는 것만으로도 경영자의 자질이 있다고 보는군요."

"그렇죠. 그것도 크게 보는 겁니다."

"그럼 상무님께서 정호 편이 되어 주십시오."

"저는 처음부터 같은 편이었습니다."

'하긴 여기까지 같이 동행해 왔으니…….'

행동으로 보여 준 이한웅의 표정만 봐도 진심임이 느껴졌다.

"박 부장은 지난 5년 동안 경영 전반에 걸쳐 실무를 거쳤습니다. 설사 조금 모자란 부분이 있다고 해도 경영자가 모든 걸 다 알 필요는 없지요. 그런 건 전문가의 도움을 받으면 되니까요."

맞는 말이다.

월급을 주고 고용하는 게 괜히 폼이나 잡자고 하는 일은 아니니까.

"저희 센추리홀딩스에 여유 자금이 좀 있습니다. 자금이 필요하다면 언제든 요구하십시오. 대신 그만큼의 대가가 필요하다는 것은 아셔야 합니다."

"무, 물론이죠. 다만 한 가지만 약속해 주십시오."

"말씀하시죠."

"경영에 관여하지 않으며 결정적인 귀책사유가 아닌 한 우호 지분을 유지해 줄 것을 말입니다."

'풋, 사주들은 하나같이 이런 말을 하는군.'

뭐, 어려운 요구도 아니다.

"말로 하기보다 투자계약서에 그런 조항을 삽입하도록 하지요."

"그래 주시면 저희는 대만족입니다."

"그럼 얘기는 대충 끝난 것 같고…… 한 가지만 더 물어볼 게요. 이 상무님, 우리가 개입해서 일이 해결이 되면 맥시멈 환경에서는 순순히 물러날 것으로 봅니까?"

"회사를 넘기지 않는다는데야 물러나지 않겠습니까?"

"글쎄요. 그게 그리 쉽지 않을 것 같은데요?"

양지로 나오려고 발버둥 치는 양경재도 투자한 금액이 있 는 만큼 절대로 그냥 물러나지 않을 것임을 알고 있는 담용 이었다.

그래서 이한웅이 너무 안일하게 생각하고 있다고 여겼다.

'뭐, 회사원이라 조폭의 생리를 알 리가 없으니 당연한 건 가?'

'아무래도 클리어가드 요원들을 동원해서 도와줘야겠군.'

"정호, 내 말 잘 들어."

"응? 뭘?"

"우리가 조사한 바에 의하면 맥시멈환경 대표인 양경재란 사람은 조폭 두목이야. 그들이 장악하고 있는 소위 '나와바 리'라고 하는 구역이 어디냐면 신촌과 마포구 그리고 여기 여의도야. 그러니까 성산건설도 그 구역에 있는 셈이지. 이 게 뭘 뜻할까?"

"……?"

"또 하나 조사한 게 있는데 너…… 조기우 알지?"

"조기우라면…… 국회의원?"

"맞아, 너희 회사가 있는 마포 갑이 지역구인 사람이지."

"여기서 조기우 의원이 왜 나오는데?"

"그 작자가 양경재를 밀어주고 있으니까 그러지."

"뭐라고? 서로 커넥션 관계란 말이야?"

"틀림없어 여기…… 전직 민완 형사였던 김덕기 씨가 다 조사했거든."

"허……."

"게다가 갈성규 의원과도 연결되어 있어."

"갈성규 그 양반은 지금……."

"알아, 백치나 다름없는 처지가 되어 있지. 하지만 아직 의원직을 상실하지 않았다 보니 그를 대신해 보좌관들이 뛰어다니고 있지. 이 말이 뭘 뜻할까?"

뭘 뜻하긴, 국회의원직을 상실하기 전에 빼먹을 건 전부 빼먹겠다는 심산인 거지.

박정호와 이한웅도 이를 모르지 않아 그저 입만 쩍 벌리고 담용을 쳐다보았다.

"둘 다 여당 실세이니 양경재가 성산건설을 인수하는 데 한 팔 거드는 거야 일도 아니지. 인수할 자금이 있고 밀어줄 권력이 있는데 순순히 물러갈까? 정호, 네 생각은 어때?"

"으으음."

전혀 생각지 않은 일이라 대답이 궁했던 박정호는 침음만

흘려 냈다.

미간에 내 천川 자를 또렷이 새긴 이한웅이 입을 뗐다.

"말씀을 듣고 보니 심각한 일인 것 같군요."

"같은 게 아니라 심각한 거죠."

"경찰에 신고해서 처리하면 안 될까?"

"에구, 정호야, 그런 아마추어식 발상은 제발 그만둬."

"아니, 왜?"

"조기우가 한마디만 하면 경찰은 아무도 출동 안 해."

"그럴 리가? 아무리……."

"아무튼 설명하기 귀찮으니 그렇게만 알고 있어. 그래서 말인데……."

"우, 우리가 어떻게 해야 합니까?"

"제 특전사 친구들이 클리어가드라는 경호 회사를 하고 있습니다. 지금 모회사와 권영진 의원을 경호하고 있기도 하지요. 그들을 파견해 도움을 드릴까 합니다만……."

"조폭들을 막아 주겠다는 겁니까?"

"예, 비용만 적절하다면 실력 발휘를 할 겁니다."

"고용할게. 더구나 네 친구들이라면 믿고 맡길 수 있겠지."

"그래, 잘 생각했다. 실력은 최고라는 걸 내가 보증하지."

"언제 보내 줄 건데?"

"네게 연락하라고 할 테니 상의해 봐."

바인더북

"알았어, 이제 끝난 거지?"

"아, 하나만 더."

"뭔데? 시간이 없는데 좀 빨리 말해 줄래?"

박정호는 한시라도 빨리 회사로 돌아가 아버지인 박 회장에게 보고하고 싶은 마음이 굴뚝같아 조바심이 나고 있었다.

"그러지."

'후후훗, 만난 김에 한 과장 일을 마무리해 버려야지.'

담용은 이 기회에 한지원 과장이 질질 끌고 있는 추풍령 임야를 매조지하고 싶은 마음에 대놓고 물었다.

"정호야, 너희 회사 자산 중에 추풍령에 임야가 있지?"

"추풍령이라면 연수원과 연구동을 짓다가 중단한 임야가 좀 있긴 해. 근데 그건 왜?"

"그거 매각할 거지?"

"응, 안 그래도 요즘 입질을 하고 있는 걸로 알아."

"매수자가 턱도 없는 가격을 제시해서 망설이고 있지?"

매가는 120억 원인데 매입 제시 가격이 70억 원이니 갭이 너무 커서 응하지 않고 있는 상황이었다.

"맞아. 근데 네가 그걸 어떻게 아냐?"

"나름 정보통이 있지. 아무튼 내가 사람을 보낼 테니 넘겨줘. 가격은 70억 원. 더 이상을 원한다면 없던 일로 하고."

"70억 원?"

어째 회사에 들어온 매입의향서의 가격과 짜 맞춘 듯 금액이 똑같다.

"그거 가지고 있어 봤자 돈 안 돼. 악성 자산으로 남을 뿐이라고."

'쩝, 그렇게 말하지 않아도 애물덩어리다.'

사실이었지만 그렇다고 대놓고 맞장구를 치며 깎아내릴 수는 없었다.

"게다가 언 놈들이 출입로에 알박기를 해 놔서 도로 확장도 못 하고 있잖아?"

'하! 이런 도깨비 같은 친구가 있나?'

정말 할 말 없게 만들었다.

맞는 말이었다. 돈도 안 되는 연수원과 연구동을 짓는 걸 가지고 개발한다는 소문이 났다.

그로 인해 땅값이 오를까 싶어 어중이떠중이들이 잔뜩 몰려와서는 진입로 곳곳에다 알박기를 해 놓은 통에 왕복 도로를 만들지 못해 반병신이 되어 버린 땅이었다.

알박은 땅이라야 고작 몇 평 내지는 몇십 평이 고작이라 매입을 하려고 했다.

근데 터무니없는 가격을 부르는 통에 두 손 두 발 다 들고 말았다.

그나마 어렵사리 연수원과 연구동 허가를 받아 짓게 된 건 다행이었지만, 그마저도 외환 위기로 인한 자금 경색으로 공사가 중단되고 말았던 것.

그렇게 세월이 흐르다 보니 유야무야 방치된 임야가 되면서 결국 작금에 와서는 피폐해져 버린 것이다.

짓다만 건물도 흉물이 된 건 당연한 현상이었고.

뭐, 솔직히 120억 원은 회사 사정상 욕심이 좀 섞인 금액이긴 했다.

임야의 가격과 건축비를 합해서 본전이었으니까.

이윤이 있었다면 여의도공원을 조성할 때, 각종 정원수와 수목 들을 납품해서 얻은 수익이 전부였지만, 그래 봐야 몇 푼 안 된다.

임자가 나섰을 때 70억 원에라도 파는 게 현명했다.

'그래도 그냥은 곤란하지.'

"알았어. 대신 내일 성과를 보고 결정할게. 오케이?"

공짜로는 곤란하다는 얘기.

'뭐, 인정한다. 너도 과시할 게 있어야 말발이 설 테니까.'

"당연하지. 대신 팔리면 수고한 친구에게 복비 많이 줘야 한다."

깨알처럼 수익을 챙기는 담용이다.

"하하핫, 담용이 너…… 거기까지 참견하냐?"

"하핫, 거기에 내 몫도 있거든."

"뭐? 진짜야?"

"응, 진짜다."

"쩝, 영수증만 제대로 챙겨 줘."

"용역계약서가 있으니 세금에는 문제가 없을 거다."

"엉? 부동산 매매계약이 아니고 용역을 받은 것으로 해결하는 거야?"

"공인된 수수료가 적다 보니 요즘 추세가 그래. 특히 법인기업들은 대부분 전속 계약으로 해결해."

"아, 알았다. 전속 계약 건에 대해서는 나도 부탁할 게 있으니 다음에 자세히 얘기하자."

"그래, 지금은 회사부터 살려라."

"그래야지. 이만 들어가 볼게."

"어, 그래."

"회사에 들어갔다가 뒷정리만 하면 퇴근할 수 있어."

"좋아, 도원이는 내가 부르마."

"어."

박정호는 김도원과 통화한 사실을 말하지 않았다.

"어, 어디서 만날까?"

"강남으로 하지."

"좋아, 나도 집이 그쪽이야."

"잘됐네. 장소는 내가 정할 테니 전화하라고."

"알았어. 많이 늦었네. 이 상무님, 가시죠."

"그래."

종로 중추원 건물.

채무경 의원에게 들렀던 히메마사와 하세가와는 또 다른 일본인과 함께 장무수의 집무실에서 은밀히 만나고 있었다.

동행한 일본인은 왜소한 체구에 학자적인 인상을 풍기고 있었다.

"물건을 구했다고 해서 만사를 제쳐 두고 달려왔소만……."

히메마사가 사안이 그만큼 중했는지 세 사람 외에 듣는 이가 없음에도 속삭이듯 물었다.

"예, 구했습니다. 잠시만요."

소파에 반쯤 걸쳤던 엉덩이를 뗀 장무수가 자신의 책상 뒤편에 있는 금고로 갔다.

검은빛을 발하는 금고는 초대형이었고, 얼핏 보기에도 육중해서 사람의 힘으로 이동시킨다는 것은 거의 불가능해 보였다.

그러나 다이얼 번호를 몇 번 맞춰 보는 장무수에게는 쉽게 몸을 허락하는 금고였다.

금고에서 꺼내 든 것은 황금빛 보자기에 싸인 흔한 상자였지만, 장무수는 마치 집안의 가보라도 되는 듯 조심스럽게 다루었다.

"이것입니다. 확인해 보시지요."

장무수가 조심스럽게 다루는 것에 전염이라도 됐는지 보자기를 푸는 히메마사의 손길도 살짝 떨렸다.

이윽고 고풍스러워 보이는 나무 상자가 나타났다.

그런데 나무 상자에 작으면서도 단단해 보이는 자물쇠가 달려 있었다.

"아참, 열쇠."

깜빡했다는 듯 장무수가 자신의 서랍에서 열쇠를 가져와 건넸다.

물건이 궁금했던지 히메마사의 손길이 바빠졌다.

철컥.

자물쇠가 열리고 마침내 나무 상자가 베일을 벗었다.

순간, 황금빛 보광이 흘러나와 네 사람의 눈을 부시게 만들었다.

"오오오—!"

감탄사가 절로 나오는 보광의 정체는 다름 아닌 금불상이었고, 그것도 세 개가 제각각의 모습으로 나란히 누워 있었다.

"훌륭하오, 훌륭해."

연방 감탄을 자아내는 히메마사는 금불상의 황홀한 자태에 취했는지 눈을 떼지 못했다.

하기야 작지만 예술의 극치를 보여 주는 신체 구조와 옷

주름의 세밀함에 현혹되지 않을 사람은 드물 것이다.

하세가와는 골동품에 그리 조예가 없었던지 고개만 끄덕거렸지만, 함께 동행한 일본인은 입을 쩍 벌린 채 다물지 못하고 있었다.

하지만 선뜻 나서지를 못하고 있는 것은 사정이 있는 듯했다.

"시키신 대로 부여 군수리에 있는 임야를 매입하고 거기서 발굴한 금동입불상입니다. 말씀하시던 실물이 맞는지는 모르겠습니다만……."

"맞소. 적어도 내가 보기에는 사진과 똑같소."

그러면서 히메마사가 사진을 내놓고 대조해 보았다.

사진은 비록 오랜 세월이 흐른 탓에 누렇게 빛이 바랜 흑백이었지만, 보관을 잘해 왔는지 피사체는 또렷했다.

피사체는 세 개의 금불상이었다.

컬러 카메라로 찍었다면 상자 안의 불상과 동일한 것임을 단박에 알 수 있었을 것이다.

끄덕끄덕.

"역시 다시 대조해 봐도 똑같소."

"제가 한번 살펴봐도 되겠습니까?"

더 이상 보고만 있기에는 감질이 났는지 학자풍의 일본인이 나섰다.

"아, 다케시타. 자네는 미야자와 님이 직접 보낸 사람이니 당연히 봐야지. 어서 진품인지 확인해 보게."

말투에서 골동품에 일가견이 있는 자의 냄새가 진하게 느껴졌다.

장무수는 그보다 미야자와라는 이름을 듣고 더 놀랐다.

'응? 내가 알고 있는 미야자와를 말하는 건가?'

만약 미야자와 가쿠에이라면 실로 놀라운 일이 아닐 수 없었다.

미야자와 가쿠에이.

한마디로 표현하면 일본 정치계의 대부다.

그리고 전 총리이자 지금도 총리 메이커로 불리는 인물이었다.

게다가 일본 정치 역사상 최장수 중의원 의원이기도 해서 무려 14선의 기록 보유자이기도 했다.

특히 일본 극우파를 이끄는 수장으로서 중추원과는 떼려야 뗄 수 없는 관계였다.

'이 양반을 만나야 하는데……'

우이동 계곡의 사고로 인해 사상자가 많아 핵심 인물들이 대거 교체된 사실을 보고해야 했다.

물론 이미 서류로는 보고를 했지만, 직접 대면해서 할 이야기도 적지 않아 면담을 해야 했다.

그럴 것이 핵심 인사들의 급사急死로 인해 일부이긴 해도 업무가 마비됐기 때문이었다.

즉, 서류에 기록해 둘 수 없는 내밀한 비밀 안건들에 대해서는 장무수도 아는 것이 없어서였다.

그뿐만 아니라 향후의 대책과 나아갈 방향 등도 지침을 받아야 했다.

'흠, 이 이야기가 마무리됐을 때 이야길 해 봐야겠군.'

장무수가 내심 머리를 굴리고 있을 때, 히메마사가 다케시타 앞으로 나무 상자를 밀었다.

"나는 원형이 잘 보존되어 있어서 모조품이 아닌지 의심이 들 지경이구먼."

"하핫, 워낙 깔끔하니 그런 생각이 드는 것도 무리가 아닐 겁니다. 저도 지금 헷갈릴 정도니까요."

"그렇소?"

"예, 잠시만요."

다케시타가 감정에 사용하는 돋보기를 꺼내더니 눈에 끼었다.

하나씩 세세하게 살피는 시간이 꽤 길었다.

얼마나 집중하는지 실내에 냉기가 감도는데도 다케시타의 이마에 땀이 맺힐 정도였다.

그렇게 얼마나 지났을까?

다케시타가 이마의 땀을 닦으며 입을 열었다.

"히메마사 님, 진품이 분명합니다."

"오오! 확실하겠지?"

"그럼요. 이 보물은 골동품 전문가로서의 욕심보다는 학자적 입장에서 더 욕심이 날 정도로 사료 가치가 대단한 물건입니다"

"호오, 그 정돈가?"

"예, 더 놀라운 점은 교토의 고류지에서 보관하고 있는 목조 입불상과 유사하다는 겁니다. 목조 입불상 역시 똑같은 모습으로 세 개입니다."

"오호! 하면 미야자와 님이 그 때문에 이걸 발굴해 달라고 한 건가?"

"아마 그러리라 여겨집니다. 목조 입불상과 금동 입불상. 묘하지 않습니까? 그것도 공히 세 개이니 말입니다."

"이거…… 듣고 보니 단순하게 여길 사안이 아니라는 느낌이 강하게 드는군. 내 말이 틀렸는가?"

"글쎄요. 제가 어찌 미야자와 님의 깊은 속내를 알겠습니까만…….."

"짐작하는 것이라도 말해 보게. 그래야 이 일의 무게가 얼만지를 알고 그에 맞게 신중하게 대처할 것이 아닌가?"

"후우, 여러 말을 하기보다는 한마디로 표현하는 게 낫겠습니다."

"……?"

"쉽게 말해서 역사적으로 볼 때, 조각을 한다면 나무가 먼저겠습니까? 금속이 먼저겠습니까?"

"그야 나무······. 아, 아. 무슨 말인지 알겠네."

일본 역사가 한국 역사보다 앞선다는 점을 증명하는 자료들이 많으면 많을수록 유리했기에 돈이 얼마나 들든 수집해 놓는 것이다.

"조심스럽긴 합니다만, 미야자와 님이 노리는 게 바로 그것이지 싶군요. 물론 그게 전부는 아니겠지만 말입니다."

많은 보완이 있어야 한다는 얘기.

'한국이 만만치 않긴 하지.'

식민지로도 삼아 보고 경제 침탈도 해 봤지만, 고대 역사관에 있어서만큼은 여전히 꿀리는 게 일본이었기 때문이었다.

역사는 억지로 주장한다고 해서 정설로 인정받는 것이 아닌 것이다.

"하면 금동입불상이 묻힌 자리를 어찌 알고 있었단 말인가?"

"뭐, 이미 찾았으니 더 숨길 게 없지요. 이 물건은 미야자와 님의 선친이 알려 주신 거라고 합니다. 조선이 식민지였을 당시 미야자와 님의 선친께서는 각국의 문화재에 심취해 있었다고 합니다."

"오호, 그런 고상한 취미를 가지고 계셨다니."

"예, 황송하게도 제가 일조를 하고 있지요."

"훌륭하오. 그래서 다음은 어찌 됐소?"

"천황께오서 종전을 발표할 당시 부여 군수리를 지나던 중이었다고 합니다. 급히 귀환해야 했고 또 목숨이 간당간당한 때라 물건을 열도로 가지고 올 수가 없었지요."

"아, 급히 묻어 두고 표시를 해 놓은 거로군."

"그렇습니다."

"하면 진즉에 가져갈 것이지 왜 지금까지 미뤄 온 건가?"

"제가 알기로는 순번에서 밀린 것 같습니다."

"엉? 순번에서 밀렸다면?"

"생각하시는 대롭니다. 그런 식으로 숨겨 둔 문화재가 조선뿐만이 아니었거든요."

"헐!"

"제가 알기로는 중국을 비롯해 말레이반도와 필리핀, 버마, 타이 등 본국이 점령한 나라는 빠짐없이 진출했었다고 하더군요."

"그렇다면 네덜란드령 동인도제도와 베트남, 캄보디아, 홍콩, 뉴기니에도 문화재를 숨겨 놨다는 얘기가 아닌가?"

"그분의 일기에 그렇게 적혀 있다고 합니다. 아울러 그 모든 걸 필히 열도로 가져오라는 유언을 남기시기도 했고요."

"허어, 그야말로 미야자와 님의 선부께서는 대일본의 귀감이 되시는 분이시군."

"엄청난 분이시지요. 그런 활약 외에도 정·관·언에서 두루 중역을 맡을 정도로 뛰어난 분이셨지요."

"흠, 그분의 숭고한 뜻을 잇는 의미에서라도 이번 일은 차질이 없어야 하네."

"그래야지요."

"장 상, 정말 수고했소."

"뭘요. 도움이 됐다니 저야말로 할 일을 한 것 같아 기분이 좋군요, 하하핫."

"이제 이걸 본국으로 가져갈 방도를 찾아야 할 텐데, 혹시 생각해 둔 거라도 있소?"

"제가 그런 쪽으로 문외한이라서…… 하지만 가르쳐 주시면 그대로 따르지요."

"흠, 이곳은 안전하오?"

"지금까지는 아무 일도 없었지요. 맡기신 자금도 저렇게……."

장무수가 대형 금고를 가리키며 말을 이었다.

"얌전하게 보관되어 있지 않습니까?"

"요즘 많이 시끄럽던데…… 경찰도 철수해 버렸으니 불안하지 않소?"

"그렇다고 함부로 쳐들어오지는 못합니다. 한국은 법치국가입니다. 그래서 밖에서만 고함을 지를 뿐이지요."

"들어오면서 보니까 한국 야쿠자들이 많더군요."

"아, 경찰이 철수했다 보니 안전을 위해서 이 근방을 나와바리로 삼고 있는 조폭들을 경비로 고용한 겁니다."

"오, 그렇소?"

"정 불안하시면 다른 안전한 장소로 옮기는 것도 고려해 보십시오."

"흐흠, 거기에 대해서는 좀 생각해 봅시다. 아무튼 비용 문제도 있고 하니……."

"히메마사 님, 비용보다……."

"어? 할 말이 있으면 해 보시오."

"이번에 저희가 뜻하지 않은 사고를 당해 회장님을 비롯해 많은 분들이 대거 바뀌었다는 걸 아실 겁니다."

"그거야 잘 알고 있소만."

"가능하시다면 이번에 새로 선출된 회장단이 미야자와 님을 뵙고 면담을 했으면 하는데, 자리를 주선해 주시면 고맙겠습니다."

"내가 말이오?"

"예, 금동불상이야 어차피 애초 미야자와 님 소유이니 비용을 바랄 수가 없지요. 대신 그 노력이 가상하다면 자리를 주선해 주셨으면 합니다."

"글쎄요. 나도 워낙 거물인 분이라 뵌 적이 없어서 말이외다."

"히메마사 님, 그 문제는 제가 말씀을 드려 보겠습니다."

"아, 그게 좋겠군. 자네야 자주 드나드는 집이니 만나 뵐 기회가 많겠지."

"그럼 내일 아침에 출발할 수가 있겠습니까?"

"예? 내, 내일 아침요?"

"제가 내일 일찍 본국으로 돌아가야 해서요."

"으음, 그건 지금 확답할 수가 없군요. 이따가 연락을 드리면 안 될까요?"

"그러십시오. 전 내일 첫 비행기로 가야 합니다. 아마 저와 같이 가는 게 미야자와 님을 만나 뵙기 편한 길일 겁니다."

"알겠습니다. 회장단과 약속이 되는 대로 아침 첫 비행기를 예약하겠습니다."

"연락을 기다리지요."

BINDER
BOOK

검정고시파의 양지 진출

CIA 국장실.

마셜 국장은 자신이 뭘 잘못 들었나 싶었는지 눈썹을 치켜세우며 앞에 선 사내를 쳐다보았다.

"멜란더, 자네…… 방금 한 말…… 설마 내가 잘못 들은 건 아니겠지?"

"분명히 들으셨습니다."

멜란더라 불린 사내, 아니 반대머리 중년인은 플루토 본부의 총책임자인 본부장이었다.

"그, 그래. 자네 표정을 보니 확실히 농담은 아닌 것 같군 그래."

톡톡톡.

버릇처럼 고민이 생겼을 때마다 검지로 책상을 두드려 대는 마셜 국장이 중얼거렸다.

"하필이면 왜 이런 때에 그런 요청을 하는 건가?"

"곧 정권이 바뀔 테니까요."

"흠, 그렇군."

어제, 그러니까 미국 시각으로 11월 7일 오후 7시 정각에 제43대 대통령 선거 투표 결과가 나왔었다.

결국 민주당의 엘 고어를 누른 공화당의 조지 부시가 제43대 대통령에 당선됐다.

이 말은 곧 정권이 민주당에서 공화당으로 이관됐음을 뜻하는 것이기도 했다.

고로 정치는 물론 사회, 경제, 문화 등의 전반에 걸쳐 변화가 일 것이다.

"아직은 시간이 있지 않은가?"

대통령 취임식이 내년 1월 20일이기에 하는 말이었다.

"인수위원회가 발족되기 전이 좋지 않겠습니까?"

끄덕끄덕.

"하긴……."

마셜 국장 역시 곧 업무 인계 절차에 착수해야 했으니 멜란더의 말을 부정하지 못했다.

그렇다고 해도 플루토 요원들의 일은 허투루 결정할 수 있는 사안이 아니어서 신중해야 했다.

더구나 플루토 본부의 최종 결정권자인 마셜 국장으로서는 자리에서 물러난 후에 뒷말이 나와서는 곤란했다.

고로 특별하거나 긴급한 사안이 아니라면 후임자에게 미루는 게 나았다.

문제는 멜란더가 플루토 요원들의 출동 사유에 대해 확실한 근거를 제시해 왔다는 데 있었다.

그도 그럴 것이 벌써 여섯 명의 플루토 요원이 희생됐다.

사우스 코리아에서 타일러, 스캇, 케이힐이, 치나에서는 알렉스, 머셔, 위버가 죽은 것이다.

공교롭게도 공히 세 명씩이다.

그것도 짜 맞춘 듯 스나이퍼와 킬러 각 한 명에다 에스퍼 두 명.

이는 국가 전력 면으로도 치명적인 손실이라 할 수 있었다.

에스퍼 한 사람을 키우는 데 들어가는 돈도 돈이었지만, 그런 자질을 갖고 있는 아이들을 발굴해 내는 것이 극히 어려워서다.

"그동안 상식이 어긋나긴 했지?"

플루토 요원들이 맥없이 희생된 것을 두고 하는 말이었다.

"그것도 연이어 어긋났지요."

"그래, 계속 어긋나면 그걸 상식이라고 할 수는 없겠지."

"대통령 선거가 끝나기만을 기다렸습니다."

플루토의 수장으로서 많이 참았다는 얘기.

"어떻게 할 건가?"

"알파급 요원들을 투입하려고 합니다."

"뭐? 이, 이봐, 스스로 제어가 되지 않는 개들은 흉기라고."

"B급 수준까지는 지극히 정상적인 아이들입니다."

"위급해지면 거기서 멈출 수 있다고 생각하나?"

"통제하면 됩니다."

"어떻게?"

"그동안 그 문제를 해결하느라 연구를 많이 했지요."

"알아. 자금을 쏙쏙 빼 갔으니까."

모든 연구에는 그만한 자금이 필요했다.

최종 결정권자인 마셜이 직접 결제한 자금이었으니 모를 리가 없었다.

에스퍼들의 능력이 일정 이상의 경지를 넘어서자 뇌에 부하가 걸려 이성을 잃는 부작용이 나타나는 바람에 한동안 난리가 났다.

부랴부랴 그런 부작용을 제어하는 연구진이 구성되면서 적지 않은 자금이 소요됐다.

그리고 제어 칩, 즉 KBchip(keep back chip)이 완성되어 실험까지 끝냈다는 것도 보고받았었다.

"이식인가?"

"예."

"젠장……."

"몸에 전자 칩을 이식하는 것 외에는 방법이 없었습니다. 물론 통제되지 않았을 때의 최후 수단입니다."

"끙."

앓는 소리를 내는 마셜의 뇌리로 칩이 폭발하면서 산산조각이 나는 알파급 요원들이 절로 상상됐다.

"브라보급으로 하는 건 어때?"

"머셔와 위버가 돌아오지 못했습니다."

"으으음."

브라보급이었던 머셔와 위버가 희생된 건 썩 훌륭한 핑곗거리였다.

"하면 몇 명이나?"

"알파급 네 명에 브라보급 여덟 명입니다."

"헐, 여, 열두 명이나? 이봐, 멜란더."

"옙!"

부동자세를 취한 멜란더에게 눈을 있는 대로 치켜뜬 마셜이 버럭 소리쳤다.

"지금 장난하나? 지금 전쟁을 하자는 거야 뭐야? 그럴 만한 명분이 없잖아, 명분이!"

"국장님, 명분이 있습니다."

"뭐? 명분이 있다고?"

"예. 여기······."

"······?"

미리 존비하고 있었다는 듯 멜란더가 잽싸게 내민 서류를 살펴본 마셜 국장의 이마에 골이 잔뜩 파였다.

뭔가 못마땅한 듯한 표정이다.

"이, 이게 뭐야? 난데없이 웬 협조 공문인가?"

"보시는 내용 그대롭니다."

"그러니까······ 일본 내각정보실에서 에스퍼들의 실전이 필요하니 도와 달라고 했단 말이지?"

"그렇습니다."

"이게······ 말이 돼? 이런 예가 없었잖아?"

"예는 만들면 됩니다. 무엇보다 이번에 희생된 요원들을 보면서 느낀 점이 있는데, 실전이 반드시 필요하다는 것입니다."

"흠, 실전이 미비해서 아이들이 실수를 했다고 말하고 싶은 건가?"

"치프들 모두가 그 점이 결정적이라는 생각입니다."

"끄응."

마셜의 앓는 소리가 좀 더 커졌다.

말은 되는 소리다.

실전에서의 대처 능력을 훈련만으로 다 채울 수 없다는 것을 어찌 모를까?

지금까지야 중동 작전에 투입돼 암살과 같은 간단한 보조 역할만 해 온 것이 고작이었다.

아무리 에스퍼가 태동 단계라고는 하지만, 그것으로 실전을 겸비했다고 하기에는 턱없이 모자랐다.

실전이라면 에스퍼 대 에스퍼여야 했다.

그래야만 수준이 극명하게 드러나고 진가 역시 빛을 발한다.

"일본에서는 몇 명이 훈련받아 왔는가?"

"현재까지 서른두 명입니다."

"적지 않군."

톡톡톡.

쉽게 결정하기가 어려웠던지 마셜이 책상을 두드려 댔다.

"국장님, 향후를 위해서도 요원들이 사라진 요인이 뭔지 반드시 확인해야 합니다. 게다가 시체도 찾지 못했습니다."

"명분은 실전을 위한 이동이지만 실제로는 희생된 요원들의 문제점을 확인하고 거기에 가능하면 시체까지 찾겠다 그건가?"

"뭐, 실전을 겸하는 거야 당연한 것 아닙니까? 보고서에 기입해야 하는 사항이니 말입니다."

"그래도 너무 약해."

"저로서는 문제 될 것이 없다고 봅니다만……."

"뭐어?"

"취임식까지 돌아오면 되잖습니까?"

"응?"

그 말에 급관심을 보인 마셜이 멜란더를 쳐다보았다.

"취임식까지는 두 달 반이라는 시간이 있습니다."

"으음. 그, 그렇군."

두 달 반.

길다면 길고 짧다면 짧은 시간.

그걸 미처 생각지 못했다.

'젠장.'

그놈의 선거가 뇌를 곤죽으로 만들어 버려 바보가 된 기분이었다.

"일본 다음 행로는?"

"사우스 코리아와 치나입니다."

"엉? 사우스 코리아엔 왜?"

"문제의 발단이 된 곳이 사우스 코리아이기에 한 번은 들러야 할 곳이라서요."

"그곳은…… 문제가 없다고 보고된 걸로 아는데…… 의심 가는 거라도 있나?"

"아이들이 맨 먼저 희생된 곳입니다. 시체라도 찾아야지 않겠습니까."

"시일이 흘렀는데도 가능할까?"

"흔적을 남겼을 겁니다. 그렇게 훈련된 아이들이니까요."

"하긴 그렇게 맥없이 사라질 아이들은 아니지."

또다시 책상을 두드리던 마셜이 말했다.

"어쩔 수 없군. 암튼 실전 훈련을 우선으로 두겠다고 약속하게."

"당연한 얘깁니다."

"약속부터 하게."

"약속하겠습니다."

"또 한 가지. 가능하면 알파급 요원들은 실전에 내세우지 말 것."

"알겠습니다."

"현지의 요원들은 어떡할 건가? 파견 기간이 제법 된 것 같은데……."

"그건 현지에 가서 결정하도록 하겠습니다."

파락.

마셜이 서류 한 장을 넘기고는 말했다.

"거기 교관이 에릭과 산달 그리고 릴리로군."

"그 요원들이라면 활동하는 데 많은 도움이 될 겁니다."

"좋아. 보고서를 따로 받을 테니, 지금은 어떻게 할 건지 간단하게라도 말해 봐."

"실전을 겸하는 외에도 순환 근무 형식을 띠려고 합니다."

"아, 아……."

국장은 대번에 알아들었다.

일본에 파견된 에스퍼 요원들의 근무 기간이 길긴 했다.

"에릭의 말로는 특화된 아이 세 명을 발굴했다고 합니다. 이미 보고를 드렸습니다만……."

"그래, 그 보고는 나도 받아 알고 있지. 하면 거기에 맞춰 세 명을 데리고 간다는 말인가?"

"예, 특화된 아이들끼리 합을 맞춰 보는 것도 큰 공부가 될 겁니다."

"알았네. 거듭 말하지만 문제가 일어나서는 안 되네. 특히 알파급 요원들을 잘 관리하도록."

"염려하지 않으셔도 됩니다."

"인솔자는 누군가?"

"짐머 코란트입니다."

"레드폭스의 팀장이라면 적당한 인선인가?"

"그렇습니다."

"좋아, 허락하지."

"감사합니다."

"대신 나도 인계인수에 차질이 없어야 하니, 어떤 일이 있어도 취임식 안에는 귀국해서 문제가 생기지 않도록 해."

"알겠습니다."

"젠장……."

턱. 끼익.

허락은 했지만 영 마뜩잖았는지 의자 등받이에 큰 체구를 기댄 마셜 국장이 손을 내저었다.

"알았으니까 그만 나가 보게."

"옙!"

"뭐? 남부경찰서에 갇혀 있다고?"

담용이 김도원에게 강남으로 오라는 전화를 걸었다가 들은 소식은 애들이 전부 경찰서에 연행됐다는 것이었다.

-응.

"아냐. 말썽 부리지 말고 했거늘. 이유가 뭐냐?"

-이유? 없어. 주민이 신고했나 봐.

"후우. 그게 언제야?"

-오후 1시쯤에.

"그걸 왜 지금 얘기해?"

-이사장님께서 직접 손을 쓰시겠다면서 네게 얘기하지 말라고 하셔서…….

"그래서 풀려나왔냐?"

-아니, 이사장님이 알아보니 신고가 들어온 상태에서는 조사를 받은 뒤 검찰의 지휘를 받아 처리해야 한다더라.

원론적인 얘기로 더 이상 참견하지 못하게 한 것이다.

"그게 순서이긴 한데…… 죄가 없는 건 확실하지?"

-그건 확실해. 다만 강인한 씨가 저쪽 패거리 중 하나와 싸우긴 했어.

"뭐? 인한이가 싸웠다고?"

-응.

"아, 이 자식……."

-친해?

"응, 어떻게 하다 보니 아우로 삼은 녀석이야. 명국성이는 뭐 하고 있어?"

-변호사를 선임하느라 여기저기 전화를 하고 있는 중이야.

"그럴 필요 없다고 전해. 내가 해결할 테니까."

-알았어.

"할아버지께도 안심하시라고 전해 주고."

-그래야지.

"그건 그렇고 이따가 정호와 만나기로 했는데 못 나오겠네?"

-사정이 이런데 어떻게 나가?

김도원도 박정호와 다름없이 전화가 왔다는 부분에 대해서는 슬며시 넘어갔다.

이는 담용이 알아서 기분 좋을 게 없어서였다.

"알았다. 급한 게 아니니 다음으로 미루지 뭐. 일단 끊자. 다시 연락할게."

바인더북

-응, 기다릴 테니 연락 줘.

"그러지."

'조 과장에게 도움을 청해야겠군.'

통화를 끝낸 담용은 조재춘에게 전화를 걸었다.

부천 남부경찰서.

경찰서장 나순길 총경은 저녁 식사를 하기 위해 집무실을 나가려다가 국정원에서 온 전화라는 말에 전화기를 들었다.

"나순길 총경이오."

-국정원 제5국 국장 고인호요.

'제5국?'

말을 듣자마자 나순길의 뇌리에 떠오른 것은 감청, 도청, 주요 인사 동향 파악 부서라는 것이었다.

더군다나 국장이면 자신보다 적어도 2계급은 높았다.

부서나 업무 영역이 달라 일률적으로 적용시키기는 어렵다지만 행적으로 보면 상급자인 것이다.

다시 말해 본원의 국장급이면 행정직상 2급 이사관급이었고, 자신은 4급 서기관급인 것이다.

그것이 비록 현 정부 들어서 파워나 역할이 많이 쪼그라들었다고 해도 국정원은 무시할 수 있는 기관이 절대 아니었다.

자연 말투가 조금 공손해졌다.

"국정원에서 어쩐 일이십니까?"

—우리 PA 요원들이 대거 달려 들어갔다고 해서 연락을 드렸소.

"PA 요원이라니요?"

몰라서 묻는 게 아니라 난데없는 말이어서였다.

경찰 총경 직급이라면 미국 CIA가 청부인인 GP, 즉 그린 배저Green Badger를 운영하고 있다면 국정원은 보조원인 PA(Primary Agent)를 운영하고 있는 체계 정도는 상식으로 알고 있었다.

하지만 부천시 같은 촌구석에 국정원 PA 요원의 등장이라니.

그것도 떼거리로 연행되어 왔다니 나순길 총경은 이게 무슨 소린가 싶었다.

—아마 조폭으로 몰렸을 테니 강력계로 이첩되어 조사를 받고 있을 겁니다.

"아, 알아보지요."

—참고로 영등포에 적을 두고 있는 그들이 그곳으로 간 이유는 복사골복지관에서 일감을 준다고 했기 때문입니다. 그런 과정에서 토착 세력과 마찰이 있었나 봅니다. 그들도 원래는 깍두기 출신이었으니, 딱 봐도 외부에서 쳐들어온 모양

새지 않습니까?

구역 싸움으로 번졌다는 얘기.

'뭐야? 간단히 수습할 수 없는 규모란 얘기잖아?'

말투를 들어 보니 딱 그런 느낌이었다.

"흠, 말썽만 일으키지 않았다면 문제가 없을 겁니다."

－전과가 있는 애들이지만 우리 요원 중 하나가 PA 요원으로 받아들여 개과천선시키는 과정에서 이번에 전부 중등 검정고시를 패스했지요. 그래서 우리는 그들을 우스갯소리로 검정고시파라고 부릅니다. 그러니 선처를 바랍니다.

"음, 잘 알아보고 억울한 일이 없도록 조치겠습니다."

－윗선에는 일부러 알리지 않았습니다.

"알겠습니다."

－그럼 부탁합니다.

"예, 들어가십시오."

철컥.

"하아, 이게 다 무슨 일이야?"

눈을 좁힌 나순길 총경이 인터폰을 눌렀다.

삐잉.

－네, 서장님.

"오늘 떼거리로 잡혀 온 사람들이 있다는데, 어느 부서인지 알아보는 대로 책임자를 좀 오라고 해."

－알겠습니다.

저녁 식사를 제때 하지 못하고 넘긴 나순길 총경이 지시를 하고 조금 기다리자, 노란 파일 하나를 옆구리에 낀 반백 머리 사내가 집무실로 들어섰다.

"서장님, 부르셨습니까?"

"어, 한 경감, 어서 오게. 거기에 좀 앉지."

"감사합니다."

한 경감이라 불린 사내가 소파에 앉자, 나순길 총경이 궁금한 것부터 물었다.

"깡패들을 무더기로 잡아 왔다고?"

"어떻게 아셨습니까?"

"저기……."

검지를 펴 천장을 가리킨 나순길 총경이 말을 이었다.

"직접 연락해 왔더군."

"서장님, 깡패 같은 자들이 아니라 진짜 깡패들입니다. 아무리 윗선이라도 이미 신고가 여러 곳에서 들어온 데다 방금 본청에도 연락이 간 상탭니다."

"뭐? 벌써?"

"예, 보고서는 여기 있습니다. 조폭이 전부 합해서 42명입니다. 지체할 사안이 아니어서 본청에 보고부터 했습니다. 민감한 일일 것 같아서요."

빼도 박도 못하는 상황이 되어 버렸다.

'뭐, 어쩔 수 없지.'

봐줄 수 있는 사안이라면 봐주겠지만, 지금은 자신이 감당할 수 있는 선을 넘어 버렸다.

"아, 아. 잘했네."

"그리고 죄를 지었으면 용납할 수도 없는 상황이고요. 잘 아시잖습니까?"

"알아. 지금 조사 중인가?"

"예, 인원이 많아서 반원들이 밤을 새워야 할 겁니다."

"흠, 그럼 일단 조사가 끝난 다음에 다시 얘기해야겠군."

죄를 지었다면 원칙대로 처리하면 그만이다.

봐주는 것도 한계라는 것이 있으니까.

"좋으이. 수고해 주고. 내일 아침에 보고해 주게나."

"알겠습니다."

결코 넓다고 할 수 없는 경찰서 안이 오늘따라 북적북적해서 더 좁아 보였다.

이유는 어제저녁에 체포되어 온 마흔 명에 가까운 깡패들 때문이었다.

자연 형사과의 업무가 마비가 될 정도로 바빴던 탓에 고생한 사람들은 신문조서를 꾸미느라 밤을 꼬박 새운 형사들이었다.

지금은 형사들의 회합 시간.

여경이 갖다 준 자판기 커피를 홀짝인 뒤, 한껏 늘어져 연방 하품을 해 대는 형사들이다.

삐걱.

출입문이 열리면서 들어서는 인물을 보고는 얼른 자세를 바로 하는 형사들이다.

들어선 이는 강력 1반의 반장인 한경호 경감이었고, 그 역시 밤을 꼴딱 새웠던지 안색이 거칠했다.

"어, 다들 피곤할 테니 편한 자세를 취해도 좋다."

한경호도 피곤한지 자리에 털썩 주저앉자마자 다 식어 빠진 커피를 한 모금 마시고는 뻑뻑해진 눈두덩을 문질렀다.

"문 경사, 저놈들 어떻게 생각해? 좀 애매하잖아?"

"글쎄요. 딱히 죄라고 할 게 없어서…… 떼거리로 몰려오긴 했습니다만 피해를 준 게 없어서요. 신고한 사람도 위협을 느껴서 신고를 한 것이지 직접적인 피해를 본 건 없다고 하고요."

"범죄 조직 결성 혐의가 있잖나?"

"반장님도 신문을 해 보셔서 아시잖아요? 놈들이 검정고시파라는 거요."

"검정고시파가 됐든 고등고시파가 됐든 범죄단체 결성 혐의에서 벗어날 수는 없어. 형법 114조에 의하면 범죄단체조직죄는 범죄를 목적으로 하는 단체를 조직하거나 이에 가입하는 죄는 10년 이하의 징역이나 또는 1,500만 원 이하의 벌금에 처한다는 걸 다들 알고 있잖아?"

"물론 잘 알고 있습니다. 그래서 증거 수집을 위해 영등포서에 연락을 취해 봤죠."

"그래. 영등포에 거점을 두고 활동하고 있는 놈들이더군. 그래, 뭐라던?"

"그게 말이죠. 도끼파가 검거된 이후 영등포시장에 들어와 그 일대를 거점으로 하는 조직이긴 합니다만, 들어온 지도 얼마 안 되었고 왔어도 크게 문제를 일으킨 적이 없다고 합니다."

"응? 그으래?"

"예, 오히려 문제가 되었던 양아치들을 모두 정리해 버려 시장 상인들에게 호평을 받고 있다고 하던데요?"

"검정고시는 진짜 합격한 게 맞고?"

"그것도 거짓이 아니었습니다. 뭐, 따로 확인할 것도 없이 합격 증서를 주머니에 부적처럼 넣고 다니는 녀석들이 있어서요."

"흠, 그리고……."

한경호가 반원들을 주욱 돌아보며 물었다.

"다른 사항은 없나?"

"저기…… 반장님."

"어? 조 형사, 말해 봐."

"사안은 모두 대동소이합니다. 단지 강인한이라는 녀석은 구속이 불가피해 보입니다."

"왜?"

"땅크파의 김대만이를 때려눕혔거든요."

"생양아치가 아니라면 그건 그냥 넘어가는 게 그놈들의 룰이잖아?"

"뭐, 아직 고소를 해 온 건 아닙니다만……."

"이제 아침이 밝았어. 조금 더 기다려 보자고."

"고소만 없으면 폭행 전과나 다른 전과도 전혀 없습니다."

신원이 깨끗하다는 말.

"뭐? 정말이야?"

"예."

"거 희한한 놈일세."

"한 가지 특이한 점이 있습니다."

"뭔데?"

"강홍명 님이 강인한의 조부님 되십니다."

"강홍명? 조부? 뭔 말이야?"

"그게…… 강인한이 몇 년 전에 김두순 여사의 폭로로 유명해진 독립우국지사 강홍명 님의 손자란 말입니다."

"아, 아, 그…… 김두순 여사의 남편이신 강홍명?"

"맞습니다."

"끄응."

바인더북

강홍명은 그의 아내 김두순 여사로 인해 유명해진 독립투사였다.

몇 년 전 얘기지만 김두순이 아들인 강영해의 성씨를 '한씨'로 바꿔 학교에 다니게 했다는 충격적인 폭로에 의해서였다.

그 이유가 참 기가 막힌 것이 친일파들이 독립투사의 자녀들을 감시하는 것도 모자라 불이익을 주고 있어서였다.

한때 그 일로 세상이 떠들썩했지만 시간이 흐르면서 유야무야 세인들의 뇌리에서 잊힌 것이다.

"씨부럴."

한경호는 이런 게 제일 싫었다. 그랬기에 절로 욕설이 터져 나왔다.

교육을 받지 못한 독립유공자의 후손들이 갈 곳은 대개 정해져 있는 편이었다.

그 최악의 길이 바로 강인한처럼 뒷골목 처지가 되는 것이었다.

반면에 친일파의 후손들은 물려받은 게 많아 호의호식하며 자라 출세도 하고 온갖 권력을 다 누리며 살아간다.

이런 것 하나 제대로 정리하지 못한 대한민국 정부의 위정자들이 한심스럽기까지 한 한경호였다.

그 결과 친일파의 자손들이 작금에 와서는 손댈 수조차 없을 정도로 막강한 권력과 부를 거머쥐고 있어 건드리기에도 늦었다.

'에잉, 어찌해 다들 그 나물에 그 밥인지 원……'

그나마 위안이 된 것은 근래에 중추회인가 뭔가 하는 일제 앞잡이들 모임의 수장들이 모임을 가졌다가 살인 벌 떼에 대거 죽어 나가거나 중상을 당했다는 통쾌한 소식이었다.

"김대만이를 맡은 사람이 누구야?"

"접니다."

"엉? 막내였어?"

"예."

"그놈에게서 뭔 말이 없었나?"

"고소에 관한 말은 없었습니다."

"이봐, 조 형사!"

"옙!"

"김대만이 고소를 하지 않으면 일부러 문제 삼지는 말아."

"예?"

"크흠, 대장의 윗선에서 연락이 왔단다. 쟤들 선처해 주라고."

"아, 뭐…… 대부분 별다른 범죄를 저지른 것은 아니니 어려운 일은 아닙니다. 하지만 김대만이 고소라도 하게 된다면, 강인한은 처리해야 합니다."

"그럼 확실히 물어보고 끝내든지."

"그러죠."

"다들 별다른 범죄행위가 없었고 주민의 신고만으로는 더 이상 붙잡고 있을 명분이 없어. 그러니 다들 풀어 주라고. 그 놈들 땜에 사무실만 무지 복잡해진 거 알잖아?"

"알겠습니다."

"글고 복지관 말이다."

"최만돌 어르신이 하는 요양원요?"

"그래."

"거긴 왜요?"

"내가 알아보니 검정고시파 애들이 거기 납품 건으로 이사장을 만나려고 오던 길이라더라."

"에? 나, 납품요? 깡패들이요?"

"응, 그분의 수양따님이 하는 죽집에서 식사를 하고 오라고 해서 들렀다가 땅크파 녀석들과 시비가 붙은 거라더군."

"호오, 이제 깡패 짓은 그만두고 요양원에 물품을 납품하는 일을 하겠다는 겁니까?"

"벗어날 수 없는 굴레가 조직 생활이니 쉽지는 않을 거다. 뭐, 나중이야 알 수 없지만 지금은 인정해 줘야지."

"하, 복지관 규모가 커서 납품 규모가 어마어마할 텐데…… 그 자식들 완전 땡잡았네요."

"그놈들이 양지로 나오면 그만큼 우리 일이 줄어드니 좋지 뭘 그래?"

"아, 질투가 나니까 그러죠."

피식.

"시끄럽고. 어르신에게 전화나 해 드려. 지금 애들 내보낸다고."

"뭐, 지역 유지시니 생색 좀 내는 것도 괜찮겠죠."

우루루…….

무려 40여 명의 덩치들이 경찰서를 빠져나오자, 그것 또한 일종의 진풍경에 속할 정도로 기이한 광경이었다.

당연히 검정고시파와 땅크파 간의 거리는 서로가 서먹한 만큼 떨어져 있긴 했지만 말이다.

그러나 어디에나 튀어나오는 놈은 있기 마련.

대열을 벗어난 강인한이 빠른 걸음으로 앞서가고 있는 땅크에게 다가가더니 어깨를 툭 치며 말을 걸었다.

"어이, 땅크라고 했나?"

"아씨, 쬐그만 새끼가."

"그럼 정식으로 붙어 보든가. 이 바닥에선 주먹 센 놈이 장땡인 걸 몰라?"

"하! 겁대가리하고는…… 이봐, 좋은 말로 할 때 그냥 찢어지자. 응?"

"짜슥, 덩치는 산만 한 놈이 좀생이같이 좀 굴지 말자. 나, 대만이 때려눕힌 거 사과하러 왔다고."

"사과는 됐으니 그냥 가라."

탁.

땅크가 어깨를 짚은 강인한의 손을 쳐 냈다.

"하! 부천이란 동네 인심 한번 거시기 하네."

"거시기 하다니? 지금 경찰서 앞에서 시비 거냐?"

"시비는 아니고…… . 마! 그렇잖냐? 고소 고발을 하지 않고 경찰서를 무사히 나왔으니 서로 의리는 지켰다고 본다. 그랬으면 인연이라 할 수 있잖아?"

"파하! 인연? 그게 뭐, 먹는 거냐?"

"야! 네가 두목이라면 외부에서 온 동료들에게 통 크게 대접 한번 하고 보내는 게 도리가 아니냐고? 그런 싹수도 없이 뭘 두목질이야, 두목질이!"

"아, 그 새끼…… 귀찮게 구네. 원하는 게 뭔데?"

"하하핫, 자식, 진즉에 그렇게 말하지. 어때, 이것도 인연인데 같이 술 한잔 빠는 게."

"보다시피 우린 그렇게 여유 있는 살림이 아니다."

'쿡! 새끼, 솔직하네.'

딱 보니 입성이 거지 수준이라 알 만했다.

그걸 숨기지 않고 말하니 땅크도 쓸 만한 놈일 것 같아 강인한이 더 엉겨 붙었다.

이러는 데는 멀대에게 들은 말이 있는 것도 한몫했다.

—부천에서 자리 잡아라.

　그 한마디가 강인한으로 하여금 땅크를 붙들게 한 것이다.
　"야! 우리도 입은 고급이 아냐. 막걸리면 충분해. 그거면
내가 살 수 있다. 넌 안내만 하라고."
　"니네 오야지가 허락한 거야?"
　"인마! 오야지가 뭐야? 너, 일본 놈이었어?"
　"일본 놈은 개뿔이…… 배운 게 없어서 그런다 왜?"
　"야! 그런 건 염려 마라. 우린 그딴 거 가지고 트집 잡는
형님은 모시지도 않아. 글고 너…… 다음부터는 쪽바리 말은
쓰지 마라. 한순간에 훅 가는 수가 있으니까."
　"쳇! 어차피 막가는 인생인데 더 나빠질 게 어딨다
고……."
　"글쎄, 내 말 들으라니까. 후회하기 전에."
　툭툭툭.
　"야, 야, 막걸리 맛있는 데가 어디냐? 오늘 진하게 좀 빨
아 보자고."
　"그래. 씨불, 마시고 죽어 보자고. 이 땅크가 아직은 그까
짓 막걸리도 못 살 정도는 아니니 따라오라고."
　"짜슥, 살아 있네. 좋았어."
　강인한이 멀대를 쳐다보며 엄지를 척 올렸다.
　"멀대 형님, 땅크가 막걸리 맛있는 데가 있대요. 갑시다!"

"마! 복지관은 안 갈 거야?"

"아차차! 마, 맞다."

"어르신이 눈이 빠지게 기다리실 테니, 일단 만나 뵌 후에 가자고."

"국성이 형님은요?"

"안 그래도 방금 연락이 왔다. 나오는 대로 복지관으로 오라고."

"야! 땅크, 그렇단다."

"우짜라고?"

"우짜긴? 가서 자리 잡고 기다려. 너, 휴대폰 번호가 몇 번이야?"

'아, 그 새끼…… 무지 끈질기네.'

복사골복지관.

비좁은 컨테이너 박스에 고개를 푹 숙인 덩치들이 자리를 꽉 채우고 있었다.

"에잉, 인석들아, 고작 경찰서에서 하룻밤 자고 왔다고 풀이 팍 죽어 있냐? 다들 학교 댕긴 경험들이 있잖아?"

"……."

"누가 대장이여? 자네여?"

곰방대 할아버지가 멀대를 쳐다보았다.

"아, 아뇨, 저기……."

멀대가 맨 뒤에 몸을 숨기듯 하고 있는 명국성이를 가리켰다.

"원 사내 녀석이 꿩 새끼처럼 고개를 처박고 있어? 이리 못 나와?"

굼실굼실.

곰방대 할아버지의 호통에 절대로 앞에 나서고 싶지 않았던 명국성이 느릿하게 움직였다.

구렁이 담 넘어가듯 꾸물대며 앞으로 나온 명국성이 삐딱하게 섰다.

"크흠, 사내가 이리도 매가리가 없음 어떡하누? 얼굴 좀 보게 돌아서 봐."

"……."

"아, 어서!"

화들짝!

기차 화통 같은 호통에 경기가 들릴 정도로 놀란 명국성이 얼른 똑바로 섰다.

"거 잘생겼구먼그랴."

"내 손자하고는 어캐 되는 사인감?"

"제, 제가 혀…… 아니 사장님으로 모시고 있습니다."

"그려, 담용이가 그러더구먼. 자네들이 일할 수 있게 일감을 주라고 말이여. 맞어?"

"아, 예. 예."

"그람 뭘 잘혀?"

"……."

"쿵, 알 만하구먼."

혹시나 하고 물었지만 역시나였다.

주먹질만 해 댄 녀석들이 할 줄 아는 게 있을 리가 없다.

"사내 여석들이 패기라도 있어야지 그리도 새색시 같아서 어디다 쓰누?"

"패, 패기 있습니다!"

"어이쿠, 깜짝이야."

명국성이 갑작스럽게 고함을 치자, 곰방대 할아버지가 급하게 뒤로 물러섰다.

"이놈아, 귀 안 먹었다."

"어르신! 뭐든 시키는 대로 잘할 수 있습니다! 그러니 일 감을 주십시오."

"호오, 이제야 사내놈 같군그랴. 오냐, 내가 손자 얼굴을 봐서라도 일감을 주긴 하는데, 그렇다고 허투루 일을 해서는 안 되는 거 알쟈?"

"그럼요, 여기가 어디라고 함부로 하겠습니까?"

"여그가 어딘데?"

"부모님 같은 어르신들이 요양하고 자식 같은 아이들을 돌

보는 곳이잖습니까? 그러니 뭐든 대충대충 할 수가 없는 곳이지요."

"그려, 그런 정신이라면 되았어. 에…… 납품할 게 제법 많은데 말이야. 김 본부장, 거기 서류 좀 가져다주거라."

"예, 여기……."

"고맙소."

김도원에게서 서류를 받아 든 명국성이 내용을 살피니 대충 봐도 그 가짓수가 엄청나게 많아 내심으로 크게 놀랐다.

'허억!'

대충 봐도 백 가지가 넘었다.

2백만 원이 훌쩍 넘는 전동 침대와 전동 스쿠터를 시작으로 보행기, 목욕 의자, 지팡이, 자세 변환 용구 등을 비롯해 심지어는 미끄럼 방지 매트와 양말 그리고 기저귀에 이르기까지 그야말로 가격도 종류도 다양하기 짝이 없었다.

파락.

서류를 넘겨 보니 이번에는 부식 납품에 관한 내용으로, 그 양이 또 어마어마했다.

식자재는 물론 과일과 우유를 비롯한 간식 종류 역시 수십 가지나 됐다.

'헐!'

파락.

또 한 장을 넘겨 보니 이번에는 보육원에서 필요한 물품들이었다.

요양원과 다른 점이 있다면 교육 자재가 더해졌다는 점이었다.

납품의 규모가 이 정도라면 더 이상 다른 일을 하지 않아도 먹고사는 데는 지장이 없을 것 같았다.

'아, 아. 검정고시파의 양지가 여기에 있었구나.'

부르르르…….

명국성이 감격에 몸을 떨어 댔다.

"어, 어르신!"

풀썩!

곰방대 할아버지를 부른 명국성이 느닷없이 무릎을 꿇으며 소리쳤다.

"저, 저희가 꼭 하게 해 주십시오. 저 새끼들…… 아니, 쟤들 불쌍한 놈들입니다. 고아원에 버려진 놈들도 있고 계모 밑에서 견디지 못하고 집을 뛰쳐나온 놈도 있고 공부가 하기 싫어 뒷골목을 전전하던 놈도 있습니다. 그러다 보니 깡패의 길로 가게 됐습니다. 잘못된 길을 가던 중에 육담용 씨를 만나 공부를 하게 됐고, 그 결과 올해는 전부 중등검정고시에 합격했습니다. 덕분에 저도 늦게나마 중학교 과정을 뗄 수 있었지요. 이제 정신 차리고 애들하고 같이 떳떳한 일을 하고 싶습니다. 그러니 저희가 납품할 수 있게 해 주십시오. 물건을 가지고 '절대로' 수작 부리지 않고 정직하게 일을 하겠습니다! 어르신, 이렇게 부탁드리겠습니다."

미리 준비라도 했었다는 듯이 속사포처럼 말을 해 대던 명국성이 넙죽 절을 했다.

"어허, 이 사람아, 일어나게. 그렇게 하지 않아도 담용이가 자네들에게 기회를 주라고 했구먼. 그러니 어여 일어나. 바닥이 차."

"고, 고맙습니다, 어르신."

"흠흠. 아, 알았으니 어여 일어나기나 혀."

"아, 뭐 하고 있어, 어르신께 인사드리지 않고!"

털썩. 털썩. 털푸덕.

"어르신! 감사합니다!"

"할아버지, 고맙습니다!"

"허이구, 왜들 이러는감? 어여 일어나, 어여. 바닥이 차단 말이여."

제로의 능력을 알고 싶소

국정원장실.

출입문이 열리고 김덕모 차장이 들어서며 살짝 고개를 숙였다.

"부르셨습니까?"

"아, 거기 앉으시오."

소파에 자리를 권한 정영보 원장이 책상을 벗어나 마주 앉았다.

"차 한잔 하겠소?"

"마시고 왔습니다."

"그럼 본론을 꺼내도 되겠소?"

"예."

"업무야 보고를 받고 있으니 궁금한 건 없소만…… 감사실의 강시우 과장 사건 말이오. 김 차장도 알고 있소?"

"알고 있습니다."

"어찌 된 게요?"

"국정원 요원으로서 해서는 안 될 일을 저질러 징계위원회에 회부했고, 그 결과 기존의 직위를 박탈하고 대기 발령을 하기로 결정했습니다. 여기 결재 서류입니다."

김덕모가 정영보 원장 앞으로 결재판을 내밀었다.

최종 결정권자가 국정원장이니 수락해 달라는 뜻이었다.

"허어, 직위 해제 기간을 두어 징계 사유를 해소하거나 반성할 기회를 주지도 않고 말이오?"

"이미 감사실장을 통해 경고를 했었고, 그 기간도 충분했습니다."

"흠, 그럼에도 징계 해소를 충족시키지 못했다는 거군요."

"예."

"으음."

잠시 할 말이 없어진 정영보 원장이 침음을 흘렸다.

그럴 것이 취업 규칙 등에 대기 발령이나 직위 해제의 규정이 없더라도 비위에 해당하는 징계와 별도로 징계 절차와 관계없이 업무명령에 의한 대기 발령과 직위 해제가 가능했다.

나아가 징계 절차 없이 퇴직토록 하는 규정 또한 인정이 된다.

스윽.

결재판이 다시 김덕모 앞으로 밀려왔다.

"크흠, 내가 부탁하겠소. 말썽도 있었고 직원들의 눈도 있고 하니, 한 달 후라면 복귀해도 괜찮지 않겠소?"

"안 됩니다."

"뭐요? 안 된다니!"

일말의 여지도 없이 단칼에 자르듯 하는 말투에 차분하던 안색이 대번 붉어지는 정영보 원장이다.

더 기분이 상하는 것은 얼굴을 빳빳이 들고 뭔가를 단단히 각오한 듯한 김덕모의 기색이었다.

'뭐야? 내가 모르는 게 있나?'

문득 그런 의심이 들었다.

낙하산으로 들어와 수장을 맡았지만 정보 계통의 밥을 먹은 지 2년도 채 안 됐으니 아직까지는 아는 것보다 모르는 것이 더 많다.

아는 게 많지 않다 보니 차장들에게 은근히 양보해 온 것들이 적지 않았다.

그럴 것이 정영보 자신은 정치인이지 첩보 계통과는 거리가 먼 사람이었다.

역할이 있다면 국정원이 무탈하게 임무를 수행할 수 있도록 힘이 되어 주는 것과 코드 원과의 원활한 소통에 역점을 두면 되는 일이었다.

어쨌든 명색이 정보국 수장이라 의문점이 뭐든 마음이 끓는 건 어쩔 수 없었다.

그러나 상관이더라도 부탁하는 입장이라 화를 삭여야 했다.

"회사 규정대로 결정한 징계를 원장님이라고 해서 되돌릴 수는 없어서입니다."

"내가 이렇게 부탁을 하는데도 말이오?"

절레절레.

"어쩔 수 없습니다. 그러지 않아도 문제가 많았던 직원이었습니다. 그동안은 원장님을 생각해서 징계를 미뤄 왔지만, 이제는 돌이킬 수 없게 됐습니다."

"그, 그 정도였소?"

처음 듣는 소리라 정영보 원장도 일시 말문이 막혀 버렸다.

문제가 많았던 직원이었다니!

이러면 문제가 달라진다.

아울러 버럭 화를 내지 않길 잘했다는 생각이 들었다.

"원장님께서는 평생 정치 동지라고 여기시는 강영찬 의원님에게 충분히 의리를 지키셨다고 봅니다. 이제는 다른 요원들의 사기 문제도 생각해야 해서 더 이상 봐줄 수가 없습니다. 그리고 우리 국정원이 일개 국회의원에게 휘둘릴 정도로 만만한 곳이 아니지 않습니까? 또 그래서도 안 되고요."

"휴우, 그거야⋯⋯."

아무리 낙하산 인사에 의한 직책이라고 해도 국정원 원장으로서 그런 상식에 속하는 일을 모를 리가 없었다.

하지만 국정원 원장쯤 되면 정치권의 바람에 휘둘리는 것 또한 사실이었고, 정영보 또한 정치인이기에 원만한 소통을 외면할 수는 없었다.

'젠장 할. 예산을 타 내려면 밉보여서 좋을 게 없는데⋯⋯.'

이는 강시우의 아버지인 강영찬 의원이 국정원 예산에 지대한 영향을 미치는 국회정보위원회 위원장이었기 때문이었다.

열여섯 개 부서의 국회상임위원회의 장을 여당만 독차지할 수 없기에 국회정보위원회 위원장직을 야당 인사인 강영찬 의원이 맡고 있었다.

그런데 하필이면 강영찬 의원의 아들이 국정원에서 근무하다 보니 알게 모르게 돌봐 주던 참이었는데, 이번에 문제가 생겨 버린 것이다.

'그렇지 않아도 우리에 대해 말이 많은 판국인데⋯⋯.'

그중에서도 특히 예산에 관해 말이 많았다.

일반 정부 예산이야 기획재정부와 국회상임위원회의 예비 심사 그리고 국회예결특위의 종합 심사를 모두 통과해야 비로소 쓸 수가 있다. 반면 그들과 비교해 국정원 예산은 무사

통과였으니 과도한 특혜라는 것이다.

국회의원들이 오죽 화가 났으면 이런 말을 할까?

－국정원 예산에 대한 특례 조항은 일종의 프리패스이자 사실상의 특혜라고 볼 수 있다. 이는 국회의 정상적인 예산 감시 기능을 저해하는 구태다. 조속히 개정안이 논의되고 통과되어 국민의 대표 기관인 국회에서 국정원의 깜깜이 예산을 심의할 수 있도록 하는 것이 시대의 과제이고 국정원 개혁의 일환 중 하나다.

정영보 원장의 뇌리에 맴맴 도는 문구였다.

김덕모 역시 미간을 모은 채 고민에 잠겨 있는 정영보 원장의 심정이나 저간의 사정을 모르지는 않았다.

하지만 간섭할 수는 없었는데, 동반 책임을 질 수 없는 영역이어서였다.

그렇다고 김덕모 역시 물러날 수 없는 것은 초능력자를 확보하는 일이 그 무엇보다 우선순위였기 때문이었다.

정영보 원장도 쉽게 입을 떼지 못하는 이유가 있었는데, 이번엔 대두된 또 한 가지의 고민 때문이었다.

그것도 강영찬 의원이 신랄하게 지적한 것이었다.

－현행법상 국정원 예산은 국가 기밀이라는 이유로 예산

편성부터 결산에 이르는 과정이 각종 특례로 묶여 국회 및 시민단체의 견제를 사실상 받지 않고 있다. 그 대표적 사례들은 일일이 열거하기 어려울 정도로 수없이 많다. 그런 사례들을 국정원에서는 국민 앞에 떳떳하게 밝혀야 할 것이다.

뜻인즉 국가 기밀이란 말을 전가의 보도로 써먹으며 예산을 남용하고 있다는 얘기였다.

여기에 대해 반박할 말은 없었다.

국가 기밀을 일일이 밝혀 가면서 예산을 타 온다는 것도 말이 안 되지만, 이를 악용하는 사례 또한 없지 않았기에 반은 맞고 반은 틀리다고 해야 옳았다.

"김 차장, 보다 대승적으로 생각합시다. 이러면 예산집행에 지장이 많을 수밖에 없소이다."

"저라고 해서 원장님의 고민을 어찌 모르겠습니까?"

"그런 사람이 어찌……?"

"예산이야 좀 줄여도 업무에 큰 지장이 없지만 상관들의 협잡으로 꺾여 버린 요원들의 사기는 어디서 찾을 수 있겠습니까?"

"허어, 말이 지나치오."

"절대로 지나친 말이 아닙니다. 원장님도 잘 아시지 않습니까? 아무리 잘해 봐야 배경이 있는 놈은 당하지 못한다는 분위기가 만연되면, 그 직장이나 단체는 볼 장 다 본 거라는 걸요. 그리고 국정원이 어디 개인의 것이라도 되는 겁니까? 국민들이 직접 선택한 대통령의 직속 기관입니다. 그런 부서가 휘둘려서야 업무를 어떻게 보란 말입니까?"

"끄응."

"원장님께서 강시우를 꼭 감싸고돌겠다고 하시면 이걸 받아 주십시오."

김덕모가 상의 안주머니에서 꺼낸 하얀 봉투 세 개를 올려놓았다.

봉투에 쓰인 글귀는 사직서였다.

이에 절로 눈살이 찌푸려지는 정영보 원장이다.

"이, 이게 뭐요?"

"보시다시피 사직서입니다. 저와 다른 두 분 차장의 것이죠."

"아니! 강시우를 좀 봐 달라는 말이 세 분 차장으로 하여금 사직서를 내게 할 정도로 큰일이란 말입니까?"

"예, 오히려 모자란 면이 있지요."

"⋯⋯!"

차장 세 사람의 사직서로도 모자란 일이 대체 뭐란 말인가?

당최 짐작도 안 가니 영문을 몰라 눈만 동그래지는 정영보 원장이었다.

궁금해하는 눈빛이 강렬했던지 뜨끔한 김덕모가 뜸들이지

않고 입을 뗐다.

"우리…… 국정원에 제로만 있다면 하루에 두 끼만 먹어도 만족합니다. 모두들 그까짓 예산 삭감쯤은 기꺼이 감내하겠다는 겁니다."

'헐!'

"그러나 제로가 없는 국정원이라면 요원들의 희생이 불가피할 게 빤해 근무할 의욕도 상실될 테고, 거기에 강시우가 계속 설치는 꼴도 보고 싶지 않은 겁니다."

"거참…… 제로가 강시우의 파면을 원하는 게요?"

"천만에요. 그는 아무 말도 하지 않았습니다. 상대할 가치를 느끼지 못하는걸요."

"근데 왜?"

"강시우를 위해서도 파면시켜야 한다는 데 제 1년 치 연봉을 걸 수 있습니다."

"강시우를 위한다니…… 대체 그게 무슨 말이오?"

"원체 귀하게 자란 녀석이라 복귀하더라도 강시우는 제 버릇을 버리지 못할 게 빤합니다."

"그 말은…… 제로와 또 시비가 붙을 거라는 게요?"

"분명히요. 그때는 강시우의 안전을 보장하지 못할지도 모른다는 겁니다. 그래도 좋으시다면 복귀시키시든지요."

"허어, 뭔 말이 그렇소? 강시우를 다치게 하면 제로도 징계를 받을 게 아니오? 그런데도 위해를 가한단 말이오?"

"원장님, 제로는…… 증거를 남기는 법이 없습니다. 만약 일이 벌어지면 증거가 없어 처벌하기가 어렵습니다. 아니, 불가능하지요. 그렇다고 심정만으로는 처벌하지 못하지요. 만약…….'"

"만약?"

"제로가 처벌받을 일이 생긴다면, 여길 걷어차고 나가 버릴 겁니다. 여기에 저희 차장들 연봉을 전부 걸 수 있습니다."

'젠장, 그놈의 연봉, 연봉…….'

뭐, 그만큼 확신하니 하는 말이겠지만, 직접적으로 체감이 되지 않으니 의문만 더 무성해졌다.

더불어 제로에게 없던 반감도 생겨났다.

"아니, 국정원이 나가고 싶으면 나가고 들어오고 싶으면 들어오는 곳이란 말이오?"

"아쉽게도 제로에게는 국정원이 그리 탐탁지 않은 직장에 불과합니다."

내내 진중하던 김덕모가 허탈한 표정을 자아냈다.

이유는 담용에게 있어 국정원은 귀찮은 족쇄밖에 되지 않음을 잘 알기 때문이었다.

천하의 국정원이 제로에게는 한낱 귀찮은 존재라니, 자존심이 팍 상할 일이다.

"헐…… 이거야 원."

더구나 국정원에서 아랫사람의 보고는 원장이 가진 생각에 맞춰 입맛에 맞게 작성되게 마련이고 또 그렇게 보고 돼야 함에도 유독 제로에 관해서는 차장 셋이 전부 합심하고 덤비는 것 같은 기분이 들어 따돌림당하는 마음마저 들었다.

그런 눈치를 챘는지 김덕모가 보다 친근한 어조로 말을 이었다.

"처벌도 어려운 것이 세운 공이 더 크다 보니 상쇄시키면 그만입니다. 그다음에는 우리만 낙동강 오리알이 된다는 겁니다. 지금도 국정원이 자기를 옭아매는 족쇄라면서 기회만 있으면 뛰쳐나가려고 하는 중임을 아시고 융통성을 좀 발휘해 주셨으면 합니다."

"끄으응."

어르고 달래는 것임을 모르지 않지만, 그래도 저리 말하니 열이 좀 식었다.

"국장님, 달리 대안이 없으면 이렇게 하시지요."

"응? 어떻게 말이오?"

"강영찬 의원이 입만 열면 타령을 해 대는 예산에 대해 아쉬운 소리 할 것 없이 그냥 기본만 책정해 받으시거나 주는 대로 받으십시오."

"그래서야 살림이 되겠소? 아마 전문호 실장이 나를 볶아 대다 못해 사재라도 털라고 협박할지 모른단 말이오."

"에이, 아시잖습니까, 제로가 벌어들이는 돈이 제법 된다는 걸요."

끄덕끄덕.

"그야……."

뭐, 그건 알고 있다. 지금도 그 덕분에 돈줄이 막히지 않고 있다는 것도.

탈취했든 훔쳤든 '흑묘백묘의 논리'에 따르면 그만인 것이다.

단, 증거를 남기지 않는다는 전제하에서다.

"대외적으로 비밀이랄 것도 없는 사안은 책정된 자금으로 사용하고, 암암리에 들어가는 자금엔 비자금을 쓰시지요. 그러면 2분의 1만 수령해도 지장이 없을 겁니다."

"그 비자금이란 게 화수분처럼 늘 생기는 게 아니잖소?"

"그 문제는 제로와 상의해 보면 얼마든지 조달이 가능할 것이니 걱정하지 않아도 될 것입니다."

제로를 핑계로 댔지만 기실 따로 생각 둔 바가 있기에 자신 있게 말하는 김덕모였다.

"하면 그 문제는 상의를 해 보고 보고해 주시오."

"알겠습니다."

"좋소. 그때 가서 타당성을 논의해 본 후 결정하도록 합시다."

"저도 동감입니다."

"그리고 이거……."

바인더북

스윽.

정영보 원장이 사직서를 밀어 냈다.

"거…… 섭하게시리 다시는 이딴 거 좀 내밀지 맙시다."

"하하핫, 우리 나름대로 배수의 진을 친 거지만, 진심이란 걸 알고 계셔야 합니다."

"아, 알았소."

"하면 강시우 건은 그렇게 처리하도록 결재해 주시지요."

"끄응."

앓는 소리를 내지만 정영보 원장 역시도 제로라면 백 번 천 번을 양보해서라도 붙들어야 하는 인재임을 모르지 않았다.

아울러 강시우 같은 요원 천 명이 있어도 바꾸지 않을 것이다.

고로 답은 이미 정해져 있는 것.

그것도 명확하다.

하지만 단 한 번도 본 적이 없어 이번 기회에 면담을 하고 싶었다.

더욱이 강영찬 의원을 상대하는 일이라 제로를 보다 확실하게 알 필요가 있었다.

"결재를 해 주는 대신 조건이 있소."

"말씀하시지요."

"제로와 면담을 하고 싶소이다."

김덕모는 더 듣지 않아도 정영보 원장이 제로의 능력을 보고 싶어 함을 알았다.

뭐, 얼마나 대단한 능력을 지녔기에 강시우를 퇴직시켜서라도 붙들어 놓겠다는 건지 그 의문을 해소시켜 줄 필요는 있었다.

"하핫, 수장인 원장님이 원하시는데 당연히 호출해서 대령시켜야지요."

무슨 뜻으로 하는 말인지 단박에 눈치챈 김덕모가 환하게 웃었다.

"지금 밖에 나가 있지 않은가 보오."

밖이라면 외국 출장을 뜻했다.

"국내에 있습니다. 모종의 일을 하고 있지만 부르면 달려올 겁니다. 그래도 아마 시간 차이는 있을 겁니다."

"시간은 상관없으니 오늘 당장 보고 싶소. 아니, 빠르면 빠를수록 좋겠소."

"노력해 보지요. 대신 제로의 의견을 존중해 줘야 한다는 건 아시지요?"

"나도 초특급 요원에 대한 상식 정도는 알고 있소."

"그럼 나가는 대로 알아보고 보고를 드리겠습니다."

끄덕끄덕.

대답이 만족스러웠던지 결재란에 사인하는 손놀림이 조금은 가벼워지는 정영보 원장이었다.

"옛소."

"감사합니다."

박정호와 헤어진 담용은 김덕기와 함께 종로로 향하던 중 조재춘의 전화를 받았다.

"예? 뭐라고요?"

-아, 사장님이 담당관님과 면담을 하고 싶다고 했습니다.

"방금…… 사장님이 저하고 면담하고 싶어 하신다고 했어요?"

담용은 아닌 밤중에 홍두깨처럼 쉬 믿기지 않는 말에 확인하듯 되물었다.

-예, 확실히 그렇게 말씀하셨습니다.

"하! 대체…… 이유가 뭡니까?"

-저도 전해 들은 터라 확실히는 알지 못합니다. 그리고 사장님이 직원들과 면담하는 건 상시적으로 해 오고 있는 일이라 특별한 것도 아니고요.

"언제까지 가면 됩니까?"

-시간은 담당관님이 정해도 된다고 했습니다.

"면담 시간이 많이 걸릴 것 같습니까?"

-그건 알 수 없지요.

"끙. 최 차장님도 무슨 내용인지 모른답니까?"

-예. 전해 듣기로는 김 차장님이 사장실에 들어갔다가 그런 말을 들으셨다는데, 그 속을 모르겠다고 했습니다.

"흠, 한 가지만 여쭐게요."

-예.

"사장님이 제 신상에 대해 알고 있습니까?"

-아니요. 제로의 신분은 초특급 비밀에 속해서 회사 내에서도 여섯 명 외에는 정확한 신분을 알지 못합니다.

국정원장도 담용이 건설교통부 소속임을 알지 못한다는 얘기다.

아울러 여섯 명이란, 차장 셋과 심복 과장들만이 알고 있으며 나머지는 그냥 얼굴만 아는 상태라는 것이다.

국정원에선 그 외에 누구에게도 초능력을 노골적으로 내보인 적이 없으니 정광수 브라보팀장이나 그 팀원들조차 그냥 능력이 조금 뛰어난 요원 정도로 알고 있는 것이다.

"그렇다면 두 가지 질문에 대한 대답을 들으시고 다시 한번 전화를 주시겠어요?"

-예? 그게 무슨 말씀이신지……?

"첫 번째는 사장님의 정확한 의도가 뭔지 알고 싶다는 것이고요. 두 번째는 얼굴을 가린 채 제 방식으로 방문해도 되는지 물어봐 달라는 겁니다."

-아, 그럼 방문 시간을 좀…….

바인더북

"수락하신다면 당장 가지요."

- 얼마나 걸릴 것 같습니까?

"마포대교를 막 건너는 중이니 간선도로로 빠져서 가면 대략 30분 내외 정도 걸리겠네요."

- 알겠습니다. 1차장님께 여쭤 보고 다시 전화를 드리지요.

"기다리지요."

- 거기 어디 잠깐 세우시고 연락을 기다려 주시지요.

"그러죠."

탁.

통화를 끝냈을 때, 차량은 마포대교를 이미 넘어서고 있었다.

마포역이란 도로 표시판을 본 담용이 근처에 애마를 멈춰 세웠다.

동승하고 있던 김덕기가 의아한 눈으로 쳐다보자, 싱긋 웃어 준 담용이 말했다.

"국정원장이 저를 봤으면 한다네요."

"어? 아직 뵙지 못했습니까?"

"볼 필요가 없었지요. 낙하산 인사에다 정년이 있어도 그걸 채운다는 보장도 없는 사람에게 초특급 비밀 요원의 얼굴을 공개한다는 건 말이 안 되죠."

끄덕끄덕.

김덕기는 굳이 더 듣지 않아도 이해했는지 고개를 끄덕이고는 자기 의견을 말했다.

"게다가 정보 계통에서 굴러먹은 사람도 아니지요."

"그렇죠. 국정원장이라면 기본적인 소양이 있는 사람이니 비밀을 엄수하겠지만, 저는 아는 사람이 적을수록 안전하다는 주의이거든요."

"옳은 말씀입니다. 그러면 중추원 일은 미루는 겁니까?"

오늘 밤 계획이 중추원을 터는 것임을 알기에 김덕기가 묻는 것이다.

"일단 전화를 받아 봐야 알겠습니다."

'헐.'

김덕기는 담용의 말이 국정원장이라도 수틀리면 안 만날수 있다는 뜻으로 들려 속으로 많이 놀랐다.

"전화 좀 할게요."

"아, 저도 유상곤이한테 연락을 해 보겠습니다."

두 사람은 각자의 휴대폰을 들어 따로 통화를 시도했다.

─아, 형님!

"애들은 나왔나?"

─그럼요. 죄지은 게 없으니 벌써 나왔지요.

"인한이는?"

사실 이놈이 모친 때문에 제일 걱정이 됐다.

─당연히 나왔죠.

"할아버지와의 일은 어떻게 됐나?"

–하하핫, 전부 잘됐습니다. 근데 납품할 물품이 생각했던 것보다 많아서 저나 애들의 입이 쩍 벌어졌다는 것 아닙니까?

"일이 만만치 않을 거다."

–하핫, 쉬운 일이 어디 있겠습니까? 하지만 너무 걱정 마십시오. 지금부터 그 일에 올인해 납품 건에 대해 깡그리 알고 말 겁니다.

"주로 공장 직거래를 알아봐."

–그럴 생각입니다. 최고로 고급스러우면서도 최대한 싸게 공급하려고요.

"좋은 생각이야. 아무튼 다들 무사하니 됐다. 다른 건 없고?"

–아, 땅크파와 지금 막걸리 한 잔씩 하고 있는데요.

"엉? 땅크파라니?"

–하하핫, 오늘 시비가 붙었던 이 지역 똘마니들인데 인호가 접수해 버렸습니다.

"뭐? 인호가 접수해?"

–예, 땅크…… 아, 이름이 이태호랍니다. 이놈이 방금 인호를 형님으로 모셨거든요.

"끙."

대학에 가서 공부하겠다는 놈이 뭔 심정으로 깡패 동생을 거느리려고 하는지 이해가 안 가는 담용이었다.

"국성이, 기왕에 수하로 들였으면 걔들 군기 확실히 잡으라고 해. 수틀리면 13공수여단에 집어넣어 버릴 테니까."

─흐흐훗, 그것도 괜찮죠.

"이만 끊자."

─아, 잠시만요.

"또 뭔데?"

─인한이를 부천에 남겨 두고 싶어서요.

"그건 또 왜?"

─앞으로 납품 건을 도맡아 하려면 복지관 근처에 사무실이 있어야 할 것 같아서요. 그리고 당장 피죽도 못 먹는 땅크와 그 애들도 먹여 살리려면 일을 시켜야 하지 않겠습니까?

"흠. 만박이 있으면 바꿔."

─옙! 만박아, 큰형님이 바꾸라신다.

수선스럽고 와작한 소음이 잠시 들리더니, 곧 만박이 음성이 들려왔다.

─큰형님!

"마! 공부는 안 하고 거기서 뭐 해?"

─으헤헤헤헷.

"이 자식이 징그럽게……."

─큰형님, 쌀랑합니다!

"윽. 뭐, 뭐야? 너 인마, 취했냐?"

혜인이를 노리는 만박이의 속을 모르는 담용이 막걸리 냄새가 풍기는 같은 기분에 인상을 확 구겼다.

－에이, 막걸리 몇 잔에 취하긴요.

"잔소리 말고 내 말 잘 들어."

－넵! 말씀하십시오.

"부천에 사무실을 내고 운영하려면 얼마가 드는지 전부 뽑아서 가져와."

－에헤헤헷, 대충 뽑아 놨습니다.

"엉? 벌써?"

－경영대 학생인데 이런 거야 껌이죠. 근데 차가 많이 있어야 할 것 같습니다.

"어? 그래?"

－예. 그래서 대상카센터 장지만 사장에게 의뢰를 해 놨습니다.

"오! 잘했다."

－안 그래도 큰형님 말을 했더니, 되게 기분 좋아하던데요?

"뭐, 소식이 뜸하긴 했지."

지난여름 우이동 계곡 산장에서 장수말벌로 중추회 모임을 파토시킨 사건에 공범으로 같이한 이후 연락 한번 안 했으니 반가워할 만했다.

"암튼 그거 디테일하게 뽑아서 팩스로 보내."

―아뇨, 만나서 드릴게요. 드릴 말씀도 있고요.

"그러던지. 끊으마."

통화를 끝낸 담용이 먼저 통화를 마친 김덕기가 멀뚱히 쳐다보자 물었다.

"일이 잘 안 됐습니까?"

"아뇨. 깍다귀 녀석이 아직 똥꼬 놈의 아지트에 못 들어가고 있어서 기다리고 있는 중이랍니다. 그래서 놈이 훔치고 나올 때를 노려 물건을 빼앗으라고 했습니다."

"별게 아닐지도 모릅니다."

우우우. 우우우웅.

"전화 왔습니다."

"아, 예."

액정을 확인하니 조재춘이었다.

"접니다."

―담당관님, 김 차장님이 말씀하시길 사장님께서 원하시는 건 제로의 능력 검증인 것 같답니다. 그리고 얼굴은 가리든 어쩌든 상관하지 않을 것이라 했습니다. 그래서 미션을 정하셨습니다.

"미션이라니요?"

―사장님 말씀이 지금부터 1시간 동안 집무실에 있을 테니, 누구에게도 발각되지 않고 자신을 암살할 수 있어야 한다는 겁니다.

"하! 아, 암살을 하라고요?"

기도 안 차는 미션이다. 그것이 아무리 짜고 치는 고스톱이라도 암살을 입에 담다니.

－아, 정말로 그러라는 건 아닙니다.

당연히 그렇겠지.

"그야……."

－누가 봐도 암살됐다는 걸 인정할 수 있는 상황을 만들라는 겁니다.

"요원들이 경계를 하겠군요."

－예, 물샐틈없이요.

"회사 전쳅니까?"

－하핫, 그럴 만한 인원이 없죠. 사장실만 철통일 겁니다.

"사장실은 어디죠?"

－그건 직접 찾으셔야 합니다.

'하긴 그게 원칙이지.'

만약 그에게 누구를 암살하라는 지령이 내려졌는데 일일이 가르쳐 주고 안내에 따라 움직이는 꼭두각시라면 암살자로서 자격 상실일 것이다.

－시간을 맞추십시오.

"아, 지금이…… 7시 5분입니다. 8시 5분으로 맞추죠."

－그렇게 전하겠습니다.

"곧 뵙도록 하죠."

―하하핫, 말씀 안 드려도 다들 기대가 큰 거 아시죠?

명쾌하고도 통쾌하게 미션을 수행해 달라는 것이었고, 동시에 제로가 왜 제로인지를 증명해 달라는 뜻이다.

그런 분위기에 찬물을 끼얹을 필요가 없다고 여긴 담용도 따라 웃었다.

"하하핫, 기대하셔도 좋을 겁니다."

이러니저러니 해도 담용의 편이라 할 수 있는 차장과 과장들이 아닌가?

그들의 위신을 세워 준다고 해서 나쁠 건 없었다.

"김 선생님, 미션이 떨어져서 국정원으로 차를 돌려야겠습니다."

"저야 상관이 없습니다만 김창식 요원에게 늦는다고 알려 줘야지 않겠습니까?"

"그래야죠."

김덕기의 말이 있기 전에 이미 휴대폰으로 전화를 걸고 있었던 담용이었다.

―담당관님, 김창식입니다.

"하핫, 감시하기 지루하시죠?"

―견딜 만합니다. 어차피 자정이 넘어야 시작할 일인데요. 오고 있습니까?

"그쪽으로 가던 도중에 사장님의 미션이 떨어져서 지금 회사로 가고 있는 중입니다."

－하하핫, 시험을 당하시는 거군요.

"어? 자주 있는 일입니까?"

－그럴 리가요? 설사 그런 일이 있다고 해도 사장님이 직접 나서시는 경우는 거의 없죠.

"특이 케이스란 겁니까?"

－그런 셈이죠. 여긴 걱정하지 마시고 다녀오십시오. 담당 관님, 파이팅!

"하핫, 고맙습니다."

김창식의 응원에 유쾌하게 웃은 담용이 애마에 속도를 가했다.

투둑. 투두둑.

"어? 비가 오는데요?"

김덕기의 말대로 앞 유리창에 제법 굵은 빗방울이 떨어졌다.

"그러네요."

"그동안 좀 많이 가물었죠."

"마른장마가 오래간 때문이죠."

"이번이 올해 내리는 마지막 큰비일 것 같은데, 기왕에 내리는 거 좀 많이 내렸으면 싶네요."

"하하, 가을비입니다."

"하긴 많은 강수량을 기대하기는 어렵겠지요. 그나저나 침투하는 데 애로가 있진 않을까요?"

"이런 날이 더 좋습니다. 너무 걱정하지 마십시오."

"허헛, 참 쉽지 않은 직업을 가졌습니다그려."

"사실 지금도 갈등이 많습니다. 여차하면 빠져나갈 궁리만 하고 있으니 말입니다."

"돈 없고 연줄 없는 재능은 저주나 다름없는 세상이 되어가고 있습니다. 사람은 제각기 쓰임이 있기 마련인데 말입니다. 그러니 정치인들의 더러운 면을 생각하지 말고 오로지 조국과 민족만 보고 달려가십시오. 담당관님 같은 능력을 지닌 사람은 백 년이 지나도 나타나기 어려우니, 이 기회에 많은 일을 하시기 바랍니다."

"아, 하하…… 하하하. 너무 무거운 말씀이십니다."

"그러시라고 드린 말씀입니다. 주제넘었다면 죄송하고요."

"천만에요. 저도 제 능력이 언제 사라질지 몰라 어떨 때는 조바심이 나기도 하니까요."

사실 담용으로서는 알게 모르게 지니고 있는 근심 중에 가장 큰 근심덩어리이긴 했다.

'그래, 조국과 민족만 생각하자. 왜 진즉 이런 생각을 못 했지?'

아니, 생각은 했지만 자꾸만 잊고 지냈다는 게 맞다.

왜냐면 당연한 일이라서 언제까지나 기회가 있을 줄 알았으니까.

'그래, 이 능력이 사라지기 전에……'
새삼 김덕기가 고맙다는 마음이 들었다.
"오늘 해 주신 말씀…… 명심하겠습니다."
"감사합니다."
두 사람의 말투가 전에 없이 정중했다.

BINDER
BOOK

사장님은 암살되셨습니다

내곡동의 국정원.

대모산 줄기의 갈래인 산속에 위치해 있었고, 정보국의 특성상 사람들의 발길을 극히 제한하고 있었다.

방대한 업무만큼이나 규모도 컸고, 건물 역시 본관을 중심으로 여러 갈래로 연결되어 있는 구조였다.

당연히 차량 진입로가 있었지만 담용은 결코 순진하지 않았다.

보나 마나 거기서부터 감시가 시작되고 있을 것이기에 애마도 멀찍이 세워 놓고 대모산 등성을 따라 정문과 정반대편 산기슭에 도착해 국정원 청사를 관찰하고 있는 중이었다.

두둑. 두두둑. 두둑. 두두둑.

추적추적 내리는 비가 연신 나뭇잎을 때리는 산기슭은 을씨년스러웠다.

어둠이 너무 짙으면 빛은 더 밝아 보인다더니 밤을 잊은 청사가 꼭 그랬다.

'마치 불야성 같군.'

드러난 것보다 감춰진 것이 더 무서운 곳으로 알려진 국정원 청사.

하얀 건물의 색깔처럼 낮밤을 하얗게 새우는 사람들의 일터이기도 했다.

드넓은 주차장도 유난히 밝은 것이 마치 대낮같았다.

'오늘따라 일부러 더 밝게 해 놓은 것 같은데?'

꼭 그렇게 보이는 것이 담용만의 착각은 아니지 싶었다.

듀얼 시계를 쳐다보니 정직하게 흐른 시간이 19시 37분을 가리키고 있었다.

'이제 28분 남았다.'

시간이 촉박한 담용이 감상을 뒤로 미루고 침투로부터 먼저 확인했다.

본관인 돔형 건물을 비롯해 아홉 개 동이었다. 층수는 대략 각각 5층에서 7층 사이다.

'돔형 건물에 있지 않을까?'

본관이지만 꼭 거기 머물라는 법은 없다. 사실 국정원장실이 어딘지 가 봤어야 말이지.

'먼저 대형 주차장을 가로질러 뒤편 건물을 통해 돔형 지붕의 본관까지 일직선으로 질주한다.'

감시 카메라가 있을 것임은 당연했고, 그것도 **빽빽**하게 깔려 있다고 봐야 했다.

담용은 몇 가지 초능력 수법을 동원해야 할지를 고민했다.

멀티플렉싱 수법은 고도의 집중력이 필요했기에 여전히 마음에 부담을 주고 있는 건 사실이었다.

'흠, 고스트 트릭으로 차량과 건물을 신속하게 통과해서…….'

감시 카메라가 촘촘하게 설치되어 있어 잠깐잠깐 노출되는 것은 각오해야 할 것 같았다.

'다음은 벽을 타고 올라 건물 옥상으로 침투해서…… 젠장할.'

담용은 침투 방법을 모색하던 도중 감시 카메라가 계속 나타나자, 이내 접어 버렸다.

'뭐가 저리도 많이 깔렸어?'

한껏 돋운 안력에 들어온 크고 작은 감시 카메라의 숫자가 틈을 주지 않을 정도로 많았다.

'원 정도껏 설치해 놨어야지.'

침투가 아예 불가능할 정도였다.

'어쩐다……?'

사이킥 텔레포트(순간 이동)나 사이킥 에어플라이(공중부양)을 할 줄 안다면 좋으련만.

하지만 아직 꿈의 경지라 언감생심이었다.

아니, 그냥 꾸준히 공부하고 연구를 하다 보니 알게 된 수법일 뿐 담용도 인간이 지어낸 허황된 상상이라 여기고 있었다.

그러나 벽을 통과하는 고스트 트릭 수법 역시 처음에는 허황된 상상이었다.

하지만 담용은 물론 송수명 선양지부장을 구하기 위해 중국 빠오주점에 침투했을 때, 조우한 외국인 역시 고스트 트릭 수법을 사용하던 것을 본 터라 지금은 현실이 되어 있다. 그러니 텔레포트나 에어플라이가 꿈만은 아닐 것이라는 생각도 있었다.

'아, 전신탑.'

고개를 들다가 문득 눈에 들어온 전신탑을 보고 뇌리에 전구가 팍 켜지는 담용이었다.

'전선을 잡고 반동을 이용하면……'

어려운 시도이긴 하지만 가능할 것도 같았다.

본관 우측 건물 위를 살짝 스치듯 지나치는 전신주가 눈을 끌었다.

물론 여기서 볼 때야 스치는 정도겠지만 가까이 가면 훨씬 멀리 떨어져 있을 것이다.

'근데 웬 전선?'

담용이 의아해하는 것은 청사의 전선을 모두 땅으로 묻었기 때문이었다.

'청사에서 끌어다 쓰는 용도라면 저렇게 노출시킬 리가 없지.'

그러거나 말거나 눈에 띄었다는 것이 중요했다.

'가능할까?'

부담스러울 정도로 높은 데다 조금 멀다는 느낌이 들었다.

그것도 측면으로 점프를 해야만 가능한 착지라 곡예 같은 절묘한 묘기가 필요했다.

하지만 성공만 하면 수많은 감시 카메라들을 무용지물로 만들어 버리기에 쥐도 새도 모르는 침투가 될 수 있긴 했다.

약속된 시간이 다가올수록 중앙통제실에서는 담용을 찾느라 바짝 긴장하고 있을 것임은 미루어 짐작할 수 있는 일이었다.

'후우욱! 시작하자.'

비록 숙제로 주어진 가짜 미션이긴 하지만 대한민국 정보국 콘트롤 타워의 수장을 제거하는 임무다.

옹골차게 마음먹지 않고는 해낼 수 없는 일.

갑작스럽게 접한 명령이었지만 다행히 중추원을 침투할 예정이었기에 옷도 검정색 계통의 캐주얼이었고, 신발도 구두 절반에 운동화 절반 형식을 띤 그냥 단화라 편했다.

'먼저 두건부터 두르고.'

중추원에 침투하기 위한 준비물을 이럴 때 사용할 줄이야.

장갑까지 착용한 담용이 마침내 마음을 다잡고는 전력으로 내달렸다.

달리면서도 뇌리에 맴도는 건 감시 카메라였다.

'설마하니 산기슭에까지 감시 카메라를 달아 둔 건 아니겠지.'

그렇다면 어쩔 수 없는 불가항력이다.

'한번 시도해 봐야겠어.'

사이킥 텔레포트와 사이킥 에어플라이를 말함이다.

물론 담용에게 수련 방법이 있을 리가 없다.

단지 믿는 건 언제나 그렇듯 산고의 고통은 있었어도 노력을 배반하지 않았던 차크라뿐이었다.

'후욱!'

전신탑이 있는 곳이 그리 멀지 않았기에 금세 닿았지만 전력을 다해 달렸기에 약간 숨이 찼다.

'일단 사이킥 맨틀.'

전선에 몇만 볼트의 전류가 흐르든 담용이 걱정할 일이 없는 이유는 사이킥 맨틀, 즉 염동장막으로 몸을 감싸면 되기 때문이었다.

시간에 쫓기는 담용은 전신탑을 오르는 속도 역시 빨랐다.

단숨에 전선줄이 있는 곳까지 올라 아래를 내려다보니 까마득했지만 국정원 청사가 한눈에 들어왔다.

확실히 건너뛰기에는 부담스러울 정도로 멀었다.

우우우웅, 우우우웅.

'흐이구, 서둘러야겠다.'

여과 없이 들려오는 전류 통하는 소리에 몸이 그대로 터져 버릴 것 같은 기분이 들어 절로 몸이 떨려 왔다.

게다가 빗물까지 그를 괴롭히고 있지 않은가.

'이거 빨리 탈출해야지, 후우욱!'

전선줄을 잡은 담용이 심호흡을 했다.

두 가닥의 전선줄은 항공 장애 표시 장치가 간격을 충분히 벌려 주고 있었기에 옆으로 이동하는 데 지장은 없었다.

항공 장애 표시 장치란 전선 사이에 끼워 놓은 구설을 말했다.

이는 헬기나 경비행기 등이 날다가 전깃줄을 보지 못해 불상사가 생기는 것을 방지하기 위함인 것이다.

'하앗!'

내심 기합을 내지르며 힘차게 발을 굴렀다.

흔들흔들.

위잉. 위이잉.

전선이 흔들리는 폭이 커질수록 전류가 흐르는 소음이 더 크게 들려왔다.

'웃차!'

촤락. 촤라락.

담용은 철봉 놀이를 하는 느낌이었지만 전선줄은 착 감겨 서인지 채찍 소리를 냈다.

그렇게 전선에 매달려 몇 번을 허공으로 오르던 담용이 정점에 이르렀다고 여기는 순간, 두 손을 놓았다.

차락!

전선줄이 짧은 비명을 지르는 찰나, 담용의 신형이 '퉁' 하고 마치 고압 전류에 튕기듯 앞으로 쏘아졌다.

동시에 나디를 이용해 몸을 최대한 가볍게 만드는 것을 잊지 않았다.

'기분 한번 묘하네.'

마치 까마득한 절벽 위에서 번지점프를 하는 기분이 이럴까.

어쨌거나 시위를 떠난 화살처럼 날던 담용의 신형이 중력을 거스르지 못하고 낙하하기 시작했다.

그런데 건물 모서리까지 닿기에는 아슬아슬한 면이 없지 않았다.

이를 모를 리가 없는 담용이 거리를 조금이라도 줄이기 위해 허리를 힘껏 챘다.

차악!

하지만 여전히 모자란 감이 없지 않던 담용의 신형이 급격히 추락하고 머리까지 잠긴다 싶더니 어느새 '턱' 하고 두 손이 난간에 걸렸다.

'이익!'

손가락이 하얗게 물든다 싶은 순간, 담용의 신형이 훌쩍 뛰어올랐다.

이어 감시 카메라를 의식해 냉각기 뒤로 몸을 숨겼다.

'후아, 하마터면 골로 갈 뻔했네.'

식겁했지만 그걸 반추해 볼 시간이 없어 얼른 시간을 확인 했다.

'젠장.'

12분밖에 여유가 없었다.

'일단 나디부터 뿌리고……'

아주 광범위하게 나디를 흩뿌렸다.

이때의 나디는 사람들이 몰려 있는 곳을 찾기 위한 센서 콘트롤 역할을 하게 된다.

철통같은 경비를 하고 있다면 필시 센서 콘트롤에 걸릴 것 으로 확신했다.

'제발 회의 같은 건 하지 않고 있었으면 좋겠군.'

그렇게 되면 원장을 찾다가 시간이 다 흘러 버릴 것이다.

'윽.'

차크라에 과부하가 걸리는지 두통이 느껴졌지만 신경 쓸 정도는 아니었다.

'너무 무리했나…… 응?'

몸에 이상 징후를 감지한 차크라가 화들짝 놀라 전신을 일

주천했다.

그것도 눈 깜빡할 사이에.

'아…… 육체가 한계에 닿으면 오히려 감각이 와르르 깨어나난다고 하더니 이게 그런 현상이구나.'

가끔은 극한의 역동적인 움직임을 할 필요가 있음을 새삼 깨달은 담용이다.

조심할 것은 과하면 모자람만 못하듯이 의지를 통제 안에 두어야 한다는 점이었다.

바닥을 쳤던 몸 상태가 한결 나아져 이전보다 더 가뿐한 느낌이었다.

'어? 신호가 왔다.'

나디가 팽팽한 긴장감이 감도는 지역을 콕 집어서는 담용의 기감을 뒤흔들어 알려 온 것이다.

위치는 일부러 자리를 옮겼는지 의외의 장소였다.

'뭐야? 왜 저기에 가 있는 건데?'

나디가 한꺼번에 집중된 곳은 본관 뒤쪽에 달려 있는 건물 꼭대기였다.

'일부러 피한 거로군.'

시간을 확인하니 이제 8분 남았다.

담용의 위치는 본관 우측 끝 쪽 동이었다.

직선으로 달린다면 채 1분도 안 걸릴 거리였지만 감시 카메라가 문제였다.

'없나?'

두리번거렸지만 감시 카메라가 보이지 않았다.

'그럴 리가?'

청사는 대부분 옥상에 옥탑 형식의 건물과 냉각기 등의 구조물이 적지 않아서 고스트 트릭 수법의 은신처로 이용할 생각이었다.

하지만 약간의 도움밖에 되지 않아 어쩔 수 없이 감시 카메라에 노출될 것은 감안한 채 움직여야 했다.

'어두운 데다 비까지 추적추적 내리니 그걸 이용하는 수밖에.'

담용은 짙은 그림자가 진 곳의 동선을 마음속으로 긋고는 이내 출발했다.

슈우…….

담용의 몸이 옥탑에 스르르 스며들었다.

그러나 얼마 가지 않아서 옥탑이 끝나 몸이 드러났다.

파파파팟.

이제는 그저 달릴 수밖에 없다.

그리고 또 하나의 옥탑 구조물과 마주쳤다.

'미치겠네.'

슈우우우.

담용의 몸이 또 사라졌다.

이번에는 냉각기였지만 역시 장애물이 되지 못했다.

그렇듯 사라지고 나타나기를 반복하면서 대여섯 번 이어졌다.

'후욱. 후우욱.'

덩달아 조금 전에 보충됐던 차크라도 급속도로 소진되면서 숨이 가빠 오기 시작했다.

'후울, 조금만 더.'

순간, 몸을 옥죄고 캄캄하던 시야가 확 트이면서 눈앞이 환해졌다.

중앙통제실.

실내의 전면에 백여 대에 달하는 모니터가 설치되어 있었고, 통제실 요원들이 눈에 불을 켠 채 살피고 있었다.

통제실 요원인 오은석 역시 예외는 아니어서 모니터에서 눈을 떼지 않고 있는 중이었다.

여느 때와는 달리 워낙에 몰두하다 보니 눈이 다 아파 왔고 오줌도 마려웠다.

그러나 자리를 떠날 수 없는 이유는 오은석의 뇌리에 느닷없이 하달된 실장의 말이 맴돌고 있기 때문이었다.

－침투 훈련 미션이 하달됐다. 시간은 19시 05분부터 20시

05분까지다. 1시간 동안 눈도 깜빡이지 말고 담당 구역을 살피도록 하라. 만약 침입자를 찾아내는 데 실패하면 응분의 대가가 주어질 것이다. 대신 가장 먼저 발견한 요원은 근무 성적에 반영할 것이니 최선을 다하도록.

'젠장 할, 응분의 대가라니.'

그렇게 실장의 엄포에 바짝 졸아 단 한시도 한눈을 팔지 못하고 맡은 구역인 북관 쪽 모니터에 집중해 온 오은석이었다.

'으으…… 이러다가 눈알이 빠지고 말지.'

눈두덩을 주무르고 관자놀이를 꾹꾹 눌러 보지만 급격하게 피곤해진 눈은 쉬 풀리지 않았다.

한데 오은석이 뻑뻑해진 눈을 한차례 비비고 떴을 때였다.

'엇! 뭐야?'

북관 옥상을 비추고 있는 모니터에 뭔가 휙 지나치는 시커먼 그림자를 본 것 같았다.

근무 성적 반영이 눈앞에 있다는 생각에 반색을 한 오은석이 벌떡 일어서며 모니터에 얼굴을 바짝 들이댔다.

'엉? 뭐, 뭐야? 사, 사라지다니.'

눈도 깜빡하지 않았는데 마치 허깨비를 본 것같이 열두 대의 모니터에는 아무것도 잡히지 않았다.

'하! 분명히 뭔가를 봤는데…….'

실망하며 다시 자리에 앉으려는 오은석의 눈에 다시 한 번 검은 그림자가 힐끗 나타났다가 사라지는 것이 아닌가?

"이번에는 진짜다!"

잘못 보지 않았다는 생각에 오은석은 자신도 모르게 소리를 질렀다.

"어? 뭐야? 뭐가 나왔어?"

"주 팀장님, 이리 와 보십시오."

"어? 그래. 다들 눈을 떼지 말고 지켜보고 있어!"

그렇게 지시를 내린 주한민 팀장이 오은석의 자리로 급히 달려왔다.

"어디? 어디야?"

"지금은 사라졌습니다. 북관 10번 모니터를 보십시오. 아니다. 방금 지나쳤으니 11번 모니터에 나타날지도 모르겠습니다."

두 사람의 시선이 10번과 11번 모니터를 번갈아 주시할 때, 12번 모니터에서 검은 그림자가 어른거렸다.

"앗! 팀장님, 12번 모니터…… 어라? 어디 갔어?"

"나도 봤다. 근데 사람 맞아?"

"고양이는 절대 아닙니다."

"고양이가 그렇게 클 리가 없잖아?"

"방향으로 보아 본관 지붕 쪽으로 향하는 것 같습니다."

"그게 말이 돼? 그냥 박치기를 하는 거잖아?"

"일단 본관을 점검하죠. 거기는 2팀 방 요원의 담당 구역입니다."

"그래? 이봐, 방문식!"

"예!"

"그쪽에 뭐가 보이나?"

"아무것도 안 나타났는데요?"

"뭐? 안 나타나?"

"예, 아무것도 없습니다."

"이런 씨……. 아, 벽면을 타고 내려갔다. 어이! 김현주!"

"네!"

"거기 벽면에 뭐 움직이는 거 없어?"

"제 모니터에는 이상이 없어요. 바닥도 이상 무예요."

"아, 진짜. 분명히 봤는데……."

"팀장님, 일단 경호팀에 연락부터 취하시죠?"

"맞다. 포착한 걸로 우리 임무는 완수한 거니까."

주한민이 무전기 이어폰으로 누군가를 호출했다.

치익.

―경호팀이다. 말하라.

"북관을 통해 누군가 침입한 것 같다."

―동선은?

"본관 옥상 돔에서 놓쳤다."

－알았다.

본관 6층 복도.

주한민의 연락을 받은 김수혁 팀장이 팀원들에게 소리쳤다.

"모두 정신 바짝 차려라."

"팀장님, 나타났습니까?"

"그래, CC(Central Command : 중앙통제실)의 연락에 의하면 침입자가 본관 옥상으로 향했다고 한다. 곧 나타날 테니 신경쓰도록 해."

"어? 본관 옥상이라면 우리 바로 위네요."

"맞아. 어이! 조상형! 거기 계단으로 내려올지 모르니 대비해!"

"여긴 제게 맡겨 두십시오."

"고태욱! 엘리베이터 잘 지켜!"

"옛!"

"약속된 시간까지 채 5분도 남지 않았다. 특작국 2팀의 명예가 이 5분 안에 결정되니 정신들 바짝 차려!"

팀원들에게 단단히 주의를 준 김수혁이 조심스럽게 사무실을 열었다.

소파에 양팔을 걸쳐 놓은 채 TV를 시청하고 있던 정영보 원장이 인기척에 돌아보았다.

"아, 여긴 이상 없네. 거긴 어떤가?"

"저흰 이상이 없습니다만 CC에서는 침입자가 본관 옥상으로 침입했다는 보고가 있었습니다."

"옥상?"

정영보 원장이 천장을 올려다보았다.

이상이 있을 리가 없는 천장은 말 그대로 멀쩡했고, 콘크리트를 뚫지 않는 이상 침입은 불가능했다.

커튼으로 둘러 놓은 창가도 이상이 없었다.

"몇 분 남았지?"

"4분 정도 남았습니다."

"다 됐군."

"그래도 마지막 순간까지 긴장의 끈을 늦추면 안 됩니다."

"그건 그렇지."

"나가 보겠습니다."

"수고하게."

김수혁이 나가는 것을 본 정영보 원장이 중얼거렸다.

"괜한 호기심이었나?"

머리를 갸우뚱한 정영보 원장이 다시 TV로 시선을 돌렸다.

힘겹게 벽체를 빠져나오자, 강렬한 불빛이 눈을 아프게 찔러 왔다.

　눈살을 찌푸리며 실눈으로 본 정경은 돔 지붕이었다.

　'본관?'

　본관이라 판단이 서자, 차크라를 쥐어짠 담용이 지체 없이 도움닫기를 했다.

　몇 번의 도움닫기 끝에 바로 신형을 붕 떠올린 담용의 눈앞으로 돔 지붕이 빠르게 닥쳐왔다.

　찰나, 담용의 몸이 '슈우욱' 하고 빨리듯 돔으로 스며들더니 이내 사라져 버렸다.

　'후우, 숨차.'

　고스트 트릭을 전개하고는 있지만 전신을 죄어 오는 갑갑함이 컨디션을 빠르게 잠식해 왔다.

　아마도 차크라를 복원할 틈도 없이 연속해서 고스트 트릭을 발현시킨 탓이지 싶었다.

　대개는 벽돌 두 개 정도 두께의 담벼락을 통과하는 게 보통이었는데, 지금 같은 경우는 두꺼운 콘크리트 벽체와 냉각기를 번갈아 통과해야 했기에 차크라의 소모가 실로 극심했던 것이다.

　'으으으……'

억겁과도 같은 시각이 흐르는 듯 밀도가 전혀 옅어질 생각을 하지 않고 있었다.

당장이라도 전신이 산산이 부서지고 억눌린 기도는 아교처럼 찰싹 달라붙을 것만 같았다.

'응?'

찰나, 별안간 밀도가 급격히 옅어지면서 빈 공간이 감지됐다.

담용은 재빨리 얼굴부터 내밀었다.

이어서 참고 참았던 숨을 한꺼번에 내뱉었다.

'푸하-!'

연이어 폐부로 신선한 공기를 연거푸 빨아들였다.

'후아, 이제 살 것 같다.'

급한 불을 끄니 그제야 주변의 모습이 눈에 들어왔다.

'엥? 여긴……?'

깜깜하지만 천장 마감재로 막혀 있는 공간임을 알 수 있었다.

'잘됐군.'

그야말로 더 이상 바랄 데 없이 절묘한 장소라 할 수 있었다.

꾹꾹꾹.

텍스를 거치하는 지지대를 눌러 보니 제법 튼튼해서 몸을 조금만 가볍게 해도 디딜 수 있을 것 같았다.

'일단 몸부터 빼내고.'

차크라의 소모가 극심해 지금 움직이지 않고 미적거렸다간 콘크리트 속에 박힐 것만 같았다.

"휘유우-!"

몸을 옥죄는 콘크리트 벽체를 빠져나온 담용이 심호흡 몇 번으로 체력을 보충하면서 시간을 확인했다.

'5분.'

국정원 원장이 여기 있다면 암살하기에 충분한 시간이었다.

'일단 확인부터.'

나디가 들뜬 흥분을 보이는 걸로 봐서는 틀림없을 것이었다.

'TV 소음인가? 시끄럽네.'

담용은 즉시 텍스에 얼굴을 들이밀었다.

'뭐야? 한가하게 TV 시청이라니!'

팔짱까지 끼고 느긋한 자세로 TV를 보고 있는 모습을 보니 맥이 탁 빠지는 담용이었다.

정수리에 머리가 빠져 속 빈 머리의 중년의 사내.

바로 정영보 국정원장이 확실했다.

덜렁 혼자여서 더 알아보기 쉬웠다.

국정원 요원이라면 수장을 어디서 만나든 얼굴 정도는 알아볼 수 있을 정도로 익히고 있는 건 기본이었으니까.

실내 바깥은 지키는 요원들로 가득 차 있을 것이 틀림없었다.

'호오, 시간을 자주 확인하는 걸 보니 나를 기다리고 있었던 건 확실하군.'

그 짧은 사이에 손목시계를 보는 것이 벌써 세 번째니 정영보 원장도 초조한 심정인 것 같았다.

'어떡할까?'

담용은 한번 놀려 줄까 싶었지만 지금 돋을새김처럼 부조가 된 얼굴을 보여 줬다가는 기절초풍할 것 같아 포기했다.

대신에 미리 준비했던 종이비행기를 날리기로 했다.

'3분 전.'

종이비행기를 든 손이 쑥 나왔다.

이어 종이비행기를 떨어뜨린 담용의 손이 사라지고 이내 얼굴도 사라졌다.

툭.

하필이면 종이비행기가 원하지 않았음에도 머리칼이 빈 부위에 꽂히듯 떨어졌다.

감촉이 오자, 머리를 쓰다듬던 정영보 원장이 자신의 앞에 떨어져 있는 종이비행기를 발견하고는 깜짝 놀라 일어섰다.

이어 재빨리 시선을 천장으로 향했다.

하지만 눈에 보이는 건 아무것도 없었다.

한데 갑자기 웬 종이비행기?

"뭐지?"

종이비행기를 주우면서 시간을 확인하니 마침 20시 05분이 됐다.

약속 시간이 다된 것이다.

그런데도 자신은 아무런 이상이 없었다.

은근했던 기대만큼이나 실망감이 들었다.

"풋! 괜히 조바심을 냈군."

실소를 터뜨리던 정영보 원장의 눈에 종이비행기에 글씨가 쓰인 게 보였다.

"⋯⋯?"

개봉요망

"이, 이거⋯⋯?"

글귀를 보자마자 마치 가면을 뒤집어쓴 것처럼 잔뜩 굳은 인상이 된 정영보 원장이 얼른 종이비행기를 펼쳤다.

"허억!"

헛바람을 내뱉은 정영보 원장이 마치 해일이라도 만난 듯 경악한 눈빛으로 화했다.

사장님은 금일 20시 03분에 암살되셨습니다.

"어, 언제 왔다 갔지?"

그러나 아무리 살펴보고 둘러봐도 실내에는 그 혼자뿐이었다.

한참을 곤혹스러워하며 실내를 왔다 갔다 하던 정영보 원장의 입에서 마침내 허허로운 웃음이 터져 나왔다.

"으허허허허……."

-뭐라? 복귀를 못 시키겠다고?

"후우, 어쩔 수 없네. 못 시키는 게 아니라 회사 규정이 그래 놔서 말이야."

-하! 평생 동지인 내게 자네가 이럴 수 있나?

"……!"

평생 동지란 말에 정영보 원장의 말문이 잠시 막혔다.

그 말이 틀리지 않았기 때문이다.

비록 지금이야 당적은 달리하고 있지만 과거 민주화 운동 시절에 어깨동무하고 앞장섰던 둘도 없는 동지였던 건 사실이었으니 말이다.

-회사 규정? 웃기는 소리 하지 말고 이유가 뭔지나 말해 보게.

"한마디로 표현하면 불협화음이네."

껄끄러워도 어차피 넘어야 할 산이었고, 조금 전에 확인한 대로 엄청난 능력을 지닌 요원이 힘이 되어 주고 있어 이젠 거리낄 것도 없었다.

 −불협화음? 그게 뭔 말인가?

 "자네 아들이 동료들과 화합을 하지 못하고 자꾸 삑싸리를 낸다는 뜻일세."

 −그야 감사실의 특성상 그럴 만도 하잖나? 고작 그걸 가지고 징계니 대기 발령이니 하는 소리가 나온단 말인가?

 "글쎄. 뭔 소리를 들었는지는 모르지만 자네가 생각한 것보다 훨씬 심각하다네."

 −예를 들면?

 "하극상."

 −엉? 하, 하극상?

 "그래, 자네라는 배경을 믿고 천방지축으로 까불어 댔단 말일세."

 −어허, 어허, 그런 말은 전혀 없었네.

 "그야 그게 하극상인 줄도 모른 채 일단 저지르고 보는 녀석이니 그렇지."

 −말이 심하군.

 "심해도 할 수 없네. 사실을 말하는 거니까."

 '아비의 덕은 여기까지.'

 어디나 진상이 있기 마련이지만 국정원만은 그래서는 곤

란했다.

그것이 정실 인사라면 조직에 눌어붙어 향후 암적인 존재가 됨을 정영보 원장이 모를 리가 없었다.

그래서 더 강하게 나가는 것인지도 몰랐다.

강영찬 의원과의 인연이 여기까지라면 그것도 또한 운명이라고 여겼다.

권력 앞에서 동지는 사상누각일 뿐이니 말이다.

-으음, 시우의 말은 반성할 기회도 주지 않았다던데…….

"기회를 줬었네. 그런데 그걸 걷어차 버렸다더군."

-누, 누가 그런 말을 해?

"직속상관이 한 말이네."

-오 실장이 말인가?

"그밖에 더 있나?"

기실은 담용에 대한 하극상이 더 컸지만 굳이 들추어낼 필요가 없기에 빼 버렸다.

"어쨌거나 일이 이렇게 돼서 미안하게 생각하네. 자네 아들이면 내 조카이기도 한데 잘 보듬질 못했네. 미안하이."

-끄응.

"그걸 가지고 속 좁게 행동하리라고는 생각지 않네."

-그야 모르지.

"뭐, 마음 내키는 대로 하든가."

-어째 말투가 진심으로 들리는군. 맞나?

"당연히 진심이네. 우리도 이제 지쳤으니까."

—엉? 뭔 뜻으로 하는 말인가?

"방금 회의를 했네. 회의 결과 예산이 없으면 없는 대로 움직이기로 했지."

—…….

"아울러 기밀이든 비밀이든 가감 없이 국회에 제출하기로 했다네. 그게 지켜지든 말든 우리는 상관하지 않기로 했지. 예산 부족으로 못하는 일은 어쩔 수 없지 않겠나?"

정영보 원장이 강수를 뒀다.

이유는 많지만 좋건 싫건 국정원은 국가 안보를 지키는 정보기관으로 국정원 메인 서버를 열어 보일 수는 없기 때문이었다.

이는 역대 어느 정권도 시도하지 않았던 일이었다.

그런데 강영찬 의원이 그걸 넘보고 있는 것이다.

어차피 설설 긴다고 해서 봐줄 인사도 아니어서 막나가는 것도 괜찮다 싶었다.

—정보 책임자로서 너무 무책임한 발언 같군그래.

"그럼 어쩌란 말인가?"

—…….

"어때? 원하는 바대로 됐으니 이제 속이 좀 시원한가?"

—허얼. 파란 집에는 보고가 됐나?

"회의가 방금 끝났다네. 이제 보고를 드려야지."

-다들 미쳤군.

"이젠 원하는 대로 해 줘도 그런 소린가?"

-예산을 멋대로 전용하는 건 사실 아닌가?

"정보기관이 어찌 법의 잣대로만 움직인단 말인가? 뭐, 더 이상 변명하지 않겠네. 그래서 앞으로는 그런 의심을 피하기 위해서라도 오픈해서 예산을 타 내겠다는 걸세. 그 대신 이 것만은 명심하게. 만약 기밀이 새어 나가기라도 한다면!"

-…….

정영보 원장이 말에 힘을 주고는 잠시 뜸을 들이자, 휴대 폰 너머로 강영찬의 숨소리만 들려왔다.

"그 모두가 정보위원회 책임이란 걸 명심하게. 내가 직접 국회 단상에 서서라도 그 점만은 반드시 책임져 줄 것을 당부하겠네."

-…….

"더 할 말이 없으면 이만 끊음세."

BINDER
BOOK

친일파 본부를 털다 I

대한민국은 지금 방송국과 신문 등 각종 언론 매체 모두가 미국 제43대 대통령 선거의 당선자, 조지 부시에게 포커스를 맞추고 떠들어 대느라 연일 시끌시끌했다.

하루 종일 TV만 틀었다 하면 미국 대통령 선거 결과에 대한 내용이었고 거리의 가전 판매장조차 시청하는 행인들로 인해 길이 막혀 있었다.

이곳 오후나절의 종로통도 예외는 아니어서 커피숍 고객들의 시선이 온통 TV에 쏠려 있었다.

그런 와중에 출입문이 열리면서 커피숍 안으로 담용이 들어섰다.

들어서자마자 기다렸다는 듯 미리 와 있던 김창식 요원이 김덕기와 같이 들어서는 담용을 향해 손을 들어 보였다.

"여깁니다."

잰걸음으로 다가온 담용이 시계를 확인하고는 계면쩍은 웃음을 지어 보였다.

"조금 늦었네요."

"저도 막 와서 앉았습니다."

"김 요원, 정식으로 인사를 나누시지요."

"아, 예. 김창식입니다."

"김덕기라고 합니다."

"하핫, 알고 있습니다."

담용과 사전에 교감이 있었는지 김창식은 이미 김덕기가 오리라는 것을 알고 있었던 듯한 눈치였다.

"예? 저를 말입니까?"

"그럼요. 한동안 저의 감시하에 있었던 분이시니까요."

"……?"

"아, 오해는 하지 마십시오. PA 요원으로서의 자격을 시험하느라 그랬으니까요."

"아, 아……."

"앞으로 김 선생님이라고 부르겠습니다."

"아, 뭐 호칭이야……."

"저는 그냥 김 요원이라고 부르시면 되고요. 커피 드시겠습니까?"

"좋죠."

"아, 제가 가져올 테니 두 분 얘기를 나누고 계세요."

담용이 그대로 돌아서 카운터로 갔다.

담용이 자리를 떠나자, 김덕기가 기회다 싶었는지 김창식에게 물었다.

"김 요원, 무조건 따라오긴 했는데, 여기서 내가 할 일 뭔지 알고 싶소."

"아하! 그게 궁금하셨군요."

"통 말을 해 주지 않으니……."

"여기까지 동행해 왔다면 이제부터 김 선생님도 한식구라는 뜻입니다."

"뭐, 그건 짐작하고 있었소만……."

"제가 오늘 할 일이 뭔지 말씀드리도록 하지요."

"……?"

"중추원이라고 아실 겁니다."

"친일파 놈들의 단체잖소?"

말투에서부터 적개심이 느껴졌다.

"맞습니다."

"한데 거긴 왜……?"

"아, 오늘 거길 털려고요."

"예? 털다니? 그, 그게 무슨 말이오?"

"하핫, 말 그대롭니다."

"아니…… 담당관님이 도둑질을 한단 말이오?"

경찰 출신이라서 그런지 도둑질에 상당한 거부감을 드러낸 김덕기가 황당한 표정을 자아냈다.

그런 반응을 보이리라는 것쯤은 예상했다는 듯 빙긋 웃어 보인 김창식이 A4 용지를 내밀었다.

"이게 뭐요?"

"오늘 중추원을 털려고 하는 이웃니다."

"……?"

한참을 읽어 내려가던 김덕기의 미간이 잔뜩 찌푸려지더니 이윽고 다 읽었는지 입을 뗐다.

"국가보훈처에 등록된 독립유공자가 1만 3천 명밖에 안 된다고요?"

"그렇습니다. 그나마 거의 95퍼센트 이상이 달동네를 벗어나지 못하고 있는 실정이지요. 뭐, 그런 실정이다 보니 후손들의 교육이야 더 말해 뭐 하겠습니까?"

'그거야 대한민국 사람이라면 누구나 다 아는 얘기고…….'

반대로 친일파의 후손들은?

말하면 입이 아플 정도로 잘 살아가고 있었다.

"하면 담당관님이……?"

"예, 추측하시는 대롭니다."

"으음."

"정 마음이 안 내키시면 이 일에서 빠지셔도 됩니다. 거기에 대해 뭐라고 하지도 않을 거고요."

'공범이 되란 얘기는 아닌 것 같고⋯⋯.'

그러기에는 담용의 능력이 너무 뛰어났다.

즉, 증거를 전혀 남기지 않을 것이고 보면 공범이라고 하기에도 애매한 것이다.

'아, 심복으로 삼아 가는 과정이로군.'

노회한 형사 출신답게 추리로 생각해 내는 김덕기였다.

그런 이유가 아니라면 담용과의 접점이 그리 많지 않은 자신을 동행시키지 않았을 것이고, 내밀한 비밀을 공유할 필요도 없었다.

"이런 일이 자주 있소?"

"자주는 아니고 아주 가끔요. 중추원은 처음이지만 야쿠자의 자금은 제법 털었었지요."

"야, 야쿠자의 자금이라고요?"

"예. 근데 왜 놀라십니까?"

"아, 아니요. 놀랐다기보다 위험하지 않을까 해서⋯⋯."

급히 변명을 했지만 사실 김덕기는 무척이나 놀랐다.

이어 내심 켕기는 게 있었던 김덕기가 확인하듯 물었다.

"혹시 엔화 외에도 채권 같은 것도 있었소?"

"물론이지요. 달러도 제법 많았고요."

'그렇다면 혹시⋯⋯?'

    김덕기는 자신이 1년 전쯤에 일본 야쿠자로부터 선불로 5천만 원을 받고 채권을 찾아 달라는 의뢰를 받았던 일이 담용과 연관되어 있는 것이 아닌가 하는 의심이 들었다.

    하지만 이미 한참 전에 자신의 손을 떠난 일이었고, 또 확신할 수 있는 일도 아니어서 기회가 있으면 직접 물어보리라 마음먹었다.

    '일본 놈들의 돈을 털어 독립투사들의 후손들을 위해 쓴다?'

    이거 혹 하고 마음에 쏙 들어왔다.

    아울러 그 어떤 일보다 대단한 의미가 있어 보였다.

    비록 누구도 알아주지 않는 일이지만, 김덕기는 자신의 취향에 적격이라는 생각에 적극 나서 보기로 마음을 먹었다.

    "나도 그 일에 참여할 수 있겠소?"

    "그러시라고 여기로 오게 한 겁니다."

    "내가 어떻게 하면 되겠소?"

    "아, 딱히 어떻게 하라는 건 없어요. 당장은 나서기보다 우리가 하는 걸 지켜보면서 적응하는 게 먼저지요."

    "하면 따라만 다니면 되는 게요?"

    "그렇죠. 일은 대부분 담당관님이 다 하는걸요."

    "아, 보조만 하는 거군요."

    "그런 셈이지만 그게 또 담당관님에게는 큰 힘이 되죠."

    그때, 담용의 음성이 들려왔다.

"뭔 얘기를 그리 나누고 있는 겁니까?"

"하핫, 담당관님 흉을 좀 보고 있었지요."

"어? 정말요?"

쟁반에 받쳐 온 석 잔의 커피 중 한 잔을 주려다가 얼른 거 둬들이는 담용이다.

"에이, 치사하게."

"치사하다니! 제 흉을 봤다는데 감정이 좋을 리가 있겠소? 당연한 거죠."

"흉 안 봤습니다. 그렇죠, 김 선생님?"

"담당관님, 미운 애 떡 하나 더 준다는 말도 있습니다."

"어? 그렇다면 얼른 줘야겠군요."

스윽.

담용이 커피를 김창식의 앞으로 밀었다.

"아뇨. 그런 고단수를 함부로 쓰다니요? 졸지에 굴러온 돌 한테 밀린 박힌 돌 신세가 된 기분이네요."

"하하핫, 내공에서 밀린 거죠 뭐."

"쳇! 이거 상전을 모신 게 아닌지 모르겠습니다."

"상전이라니요. 그런 건 내 취향이 아니니 안심해도 좋 소."

"그러시다면 안심이고요."

"대신 유상곤이는 나와 다를 테니 신경이 쓰일 거요."

"쩝, 그러고 보니 아직도 넘어야 할 산이 하나 더 있었군요."

"그래도 의리 빼면 시체인 친구니 잘 친해 두면 도움이 많이 될 거요."

"흠, 그 말은 기대되는군요. 아무튼 수사 경험도 적지 않은 베테랑이시니 많이 도와주십시오."

"내가 맡은 일이라면 최선을 다할 거요. 그런데 담당관님."

"예?"

"서포터가 김창식 요원뿐입니까?"

"그럴 리가요? 한 개 팀이 저를 도와주고 있는데, 김 요원은 그들 중 한 분입니다. 나머지는 지금 작전 수행 중이지요. 곧 지방으로 출장을 갈 계획이 있으니, 그때 인사할 기회가 있을 겁니다."

"알겠습니다."

"그나저나 미국 대통령 당선자로 인해 정치권이나 국민들이나 죄다 관심이 그쪽으로 쏠려 있네요. 커피를 주문하고 기다리는데 다들 그 얘기뿐이니 말입니다."

담용의 말처럼 조금 전에 미국 제43대 대통령으로 조지 부시가 당선됐다는 발표가 있었던 것이다.

"왜 그렇지 않겠습니까? 미국이 재채기만 해도 독감에 걸리는 우리나라잖습니까?"

"그래서 빨리 통일이 돼야 하는데……."

정말 적지 않은 일들이 북한과 연관되다 보니 국력이 약한 대한민국은 미국의 눈치를 볼 수밖에 없는 구조였다.

"하핫, 바랄 걸 바라십시오. 놈들이 기득권을 내려놓을 리가 없으니 말입니다."

"하핫. 뭐, 바람일 뿐이죠. 그나저나 공화당이 집권했으니 또 정책이 바뀌겠군요."

"클린턴이 비둘기였다면 부시는 독수리니까요. 대북 정책 기조는 변화가 거의 없을 것이지만, 중동은 변화가 있을 것이라고 보더군요. 그것도 적지 않은 변화가요."

"누가 그래요?"

"우리나라뿐만 아니라 어느 나라든 당선자가 누구든 정책을 미리 예측해서 대비하려는 것은 상식이지요. 우리도 평가교수단이라나 뭐라나 아무튼 거기서 나온 얘기랍니다."

'평가교수단?'

담용이 그들의 판단이 제법이라 여기는 것은 비슷하게 진행되기 때문이었다.

뭐, 9 · 11 테러 이후에 본격적으로 진행되는 일이긴 하지만.

'막을 수 있으면 좋으련만……'

그러고 보니 1년도 채 안 남았다.

'뭐, 그건 그때 가서 생각할 문제고.'

가급적이면 역사의 도도한 흐름을 건드리고 싶지 않은 담용이었다.

그저 역사라고 할 수 없는 소소한 일이라면 몰라도.

"김 요원은 어떻게 생각합니까?"

"저도 그러리라 여깁니다. 부시가 아무리 과격한 독수리 과라지만 북한은 건들기 쉽지 않을 겁니다. 가장 큰 이유는 투자 대비 이윤이 없다는 것이지요. 반면에 중동은 이 시대 최고의 재화라고 여기는 석유라는 자원이 있지요."

'후훗, 예리하네.'

사실 2003년이면 그렇게 진행될 예정이긴 했다.

"하핫, 훌륭한 식견에 박수를 쳐 주고 싶을 정도네요."

"에이, 누구나 생각할 수 있는 건데요 뭐. 그나저나 오늘 밤에 실행할 겁니까?"

"그래야죠. 아직도 시민들이 많이 몰려옵니까?"

"요즘 들어서는 좀 덜합니다. 그래서 경찰도 철수한 상탭니다."

"어? 그래요?"

'젠장, 그놈의 냄비 근성.'

하지만 독립유공자유족회나 광복회 혹은 각종 시민단체에서 잊지 않고 기억하고 있다면, 향후 유사한 일이 벌어졌을 때 들고일어날 것이니 염려되지는 않았다.

"근데 경찰 대신에 중추회에서 고용한 깡패들이 건물을 지키고 있다는 거죠."

"예? 중추회에서 깡패들을 동원했다고요?"

"아마 성난 군중을 보고 혼이 났던 모양입니다."

"그래도 경호 회사에 의뢰하지 않고 깡패들을 동원했다는 건 이해가 안 가네요."

"중추회가 이 근처를 나와바리로 삼고 있는 무랑루즈파와 무관하지 않거든요."

"예? 중추회가 깡패들하고도 교류를 한단 말입니까?"

"그뿐만 아니라 2차장실 소속 국가전략실의 정보에 의하면 중추회가 무랑루즈파를 야쿠자에 연결시켜 줬답니다."

'지랄……'

국내 파트 전문인 2차장실의 국가전략실이라면 대한민국에서 벌어지는 일에 대해 모르는 게 없다고 봐도 과언은 아니었으니 믿을 만한 소식일 것이다.

중추회.

'아직 혼이 덜 났다는 거지.'

하기야 장수말벌 떼의 공격이 누군가 의도한 것이라 여기기에는 무리가 있어 놈들에게 경종을 울리지는 못했을 것이다.

'야쿠자들이 다방면으로 손을 뻗쳐 놓은 것 같은데……'

일본 정계가 야쿠자와 긴밀한 관계라는 것은 어제오늘의 얘기가 아니었으니, 마음만 먹으면 중추회에 끈이 닿고도 남는다.

아울러 정계와 불가분의 관계인 야쿠자라면 과거에는 정계에서 손댈 수 없는 더러운 일을 도맡아 했던 존재다.

그러나 작금에 와서는 정치자금과 밀접한 연계를 가지고 있었다.

즉, 수단이 폭력에서 돈으로 바뀌었다고 보면 맞다.

이는 그만큼 야쿠자들의 수입이 극대화되어 있다는 뜻이기도 했다.

"이제는 별짓을 다 하는 걸 보면 어느 정도 안정이 된 모양이군요."

"아무리 큰 일이 벌어졌어도 3개월이 지났으면 안정이 될 때도 됐지요."

담용은 국정원 요원들 중 유일하게 김창식에게만 장수말벌 떼의 공격이 자신이 한 일이라고 슬쩍 흘렸었다.

그랬기에 짬만 나면 중추회 사무실을 감시해 달라고 부탁한 것이다.

PA 요원들을 이용하기에는 민감한 문제가 발생할 수 있어 두 사람만이 행하고 있는 일이기도 했다.

민감한 문제란 정치권과 각 요로의 인사들 대다수가 친일파이거나 그들과 연관된 자들이었기에 행여나 그들의 귀에 들어가면 곤란했기 때문이었다.

"뭐, 다시 한 번 들쑤셔 놓으면 되죠."

가능하다면 먼지가 나도록 탈탈 털어 재기할 수 없도록 씨를 말려 버릴 작정이었다.

그래도 독버섯처럼 기생하겠지만 자금이 없다면 범국가적
으로 미치는 영향은 확 줄어들 것이다.

'흐흐흐, 제발 돈이 많이 있기를 바란다.'

내심으로 음산한 웃음을 흘리는 이유는 돈이 없다면 사람
을 해치는 일을 해야 하기 때문이었다.

수틀리면 전부 백치로 만들 작정을 하고 나선 담용이었다.

"그 외에 다른 일은 없었습니까?"

"아까 오후 2시쯤 일본인으로 보이는 세 명이 들어갔다가
1시간쯤 후에 나왔습니다."

"친일파 소굴이니 일본인들이 들락거리는 것이야 흔히 있
는 일이 아닙니까?"

"그렇긴 하지요. 그리고 조금 전에 그들 중 한 명이 일본
으로 날아갔다는 연락을 받았습니다."

"에? 한 명만요? 누군데요?"

"김포공항분소에서 확인된 이름은 다케시타 지로였습니
다."

"나머지는요?"

"제 PA 요원이 따랐는데, 지금은 도해합명회사에 머물고
있답니다."

"장무수는 집으로 퇴근했고요?"

"거기까지는 손이 달려서요."

"이거 인원 보강이 시급하네요."

"아현동의 조철권을 불러내면 아쉬우나마 보강은 되겠는데요."

김창식이 조철권을 아는 것은 담용이 PA 요원으로 신고했기 때문이었다.

현재 조철권은 PA 요원의 활동비로 한 달에 1백만 원씩을 꼬박꼬박 타 먹고 있는 중이었다.

"주먹들은 김 선생님이나 유 선생처럼 운용할 타입은 아니지요."

"그렇다고 마냥 놔두기도 어렵잖습니까?"

"언젠가는 써먹을 데가 있겠죠. 다른 사항은 없습니까?"

"아, 일본인 한 명이 낯이 익었어요."

"낯이 익다면?"

"아, 다행히 기억이 났는데 이름을 모르겠습니다."

"누굽니까?"

"이름은 모릅니다만 도해합명회사의 떨거지였습니다. 그 왜 나이가 좀 많은……. 아, 기억이 날 듯 말 듯 하네요. 거 왜 재일 교포 있잖습니까?"

"하세가와 치아키?"

"아, 맞다. 한국 이름이 장곡천이죠. 우리나라에 가장 오래 머물고 있는 작자지요. 그래서 한국 사정에 빠삭하다고 할 수 있습니다. 아마 우리나라에 오는 일본인들은 하세가와

가 전부 맡아서 배치하고 있을 겁니다."

'진즉에 처리했어야 할 놈이었군.'

가장 다루기 어렵고 껄끄러운 부류가 주먹보다는 머리를 쓰는 자들이다.

"중추회 사무실에는 자주 들르는 편입니까?"

"글쎄요. 저는 오늘 처음 봤습니다만……."

하기야 요 근래에 지켜보고 있었으니 정보가 단편적일 수밖에 없을 것이다.

"뭐, 어떤 관계인지는 차차 알아보죠. 중추회 회장은 선출했겠지요?"

"예. 죽은 회장 이치호와 부회장 조성찬이 죽어 버렸으니 당연히 새로 선출했지요. 회장에 황정곤이 됐다고 합니다."

의외의 인물이었던지 가만히 듣고만 있던 김덕기가 놀란 얼굴로 물었다.

"황정곤이라면 국회 부의장 말입니까?"

"맞습니다."

"하!"

하도 어이가 없어서인지 김덕기가 말을 못 하고 탄식을 불어 냈다.

"부회장은 간사였던 대한체육회의 거물 권준수가 됐고 간사는 현재 한일민간친선단체회장이자 전 대법관이었던 황두호입니다."

듣자 듣자 하니 담용도 어이 상실이었는지 내심 이를 갈았다.

'으드득. 때려죽일 놈들이 대한민국의 요직이란 요직은 다 차지하고 있었네.'

이는 끼리끼리 끌어 주고 밀어주고 손잡아 주면서 엄호해 왔다는 말과 진배없었다.

이를테면 간사가 된 황두호가 대법관까지 올랐다면 중추회에서 본격적으로 밀어줘서 가능했다는 얘기다.

'빌어먹을 자식들이 구사일생으로 목숨을 건졌으면 집에 틀어박혀 있을 것이지 왜 기어 나오는 건데?'

"그 외에도 적지 않은 인사가 바뀌었는데, 세대교체의 성격이 강합니다."

담용이 물었다.

"회사의 판단은 뭡니까?"

"예전보다 강성 인사들로 구성된 걸로 보고 있습니다."

"역시 실무 선까지 알고 있는 겁니까?"

"예, 사장님께는 보고가 되지 않았습니다."

'하긴······.'

대충 이해가 갔다.

과거 군사정권 시절에 코드 원이 일본 정부에게 신세를 진 바가 있기에 이런 일은 보고하기보다 모르고 있는 것이 더 나았다.

혹여 한일 간에 문제가 생길 경우를 대비한 조치인 것이다.

"총무는 그대로고요."

"그렇습니다. 장무수가 16년째 총무를 맡고 있다 보니 각 부처나 요로에 모르는 사람이 없을 정도로 마당발이 됐다고 보면 맞을 겁니다."

"흠, 많은 걸 알고 있겠는데요?"

담용은 문득 중추회에서 장무수만 없어져도 업무에 지장이 상당할 것이라는 생각이 들었다.

'이놈부터 손을 봐?'

아울러 드는 생각이 있었는데, 건물에 침투하기보다는 장무수를 이용하는 게 더 큰 도움이 될 것도 같았다.

"중추회의 업무야 장무수의 손을 거치지 않는 게 거의 없다고 봐야죠."

그 말에 담용의 생각이 완전히 굳어졌다.

"장무수의 집은 알고 있습니까?"

"예. 안국동입니다."

"안국동이면 여기서 가깝네요."

"알아보니 조상 대대로 살아온 집터라더군요. 육이오 때 거의 무너졌던 것을 복원한 전통 가옥입니다. 장무수 할아버지가 중추원 고문이었다고 합니다."

"고문요?"

"예, 열다섯 명의 고문 중 한 명이었지요."

"일제강점기 때 중추원 인원이 몇 명이었습니까?"

"백 명 정도 되는 걸로 알고 있습니다. 중추원이란 게 조선총독부의 자문기관이니 인원이 꽤 됐을 겁니다."

"현재 중추원 회원이 몇 명인지 알고 있습니까?"

"모릅니다. 오늘 한번 알아보는 것도 괜찮을 것 같네요, 하하핫."

"하핫, 그럴까요?"

"그런 정보라면 꽤 값이 나갈 겁니다."

"일단 사무실을 좀 살펴보기로 하죠. 시간이 되면 안국동도 들러 보도록 하고요."

"좋습니다. 그리고 혹시 도움이 될지 몰라 아쉬우나마 건축물 관리 대장을 준비해 봤습니다. 설계도는 일제 때 지은 건물이라 처음부터 존재하지 않더군요."

"그야······."

드물긴 해도 종로에는 아직도 그런 건물이 더러 있었다.

모든 건축물은 건축허가신청 시 설계 도면을 첨부하여 관계 기관에 제출해야 하기에 열람 신청으로 확인할 수 있다.

뭐, 보관 기관이 지났다면 폐기하기에 볼 수가 없지만.

그러나 눈앞에 보이는 YMCA 건물 이면 도로 골목에 위치한 중추회 사무실은 현재까지 드물게 남아 있는 일본풍의 낡은 건물이었으니 설계도가 있을 리가 만무했다.

"건출물 관리 대장만으로 도움이 될지 모르겠네요."

"없는 것보다 낫지 않겠어요?"

건축물 관리 대장이야 늘 대하던 서류였으니 눈에 많이 익은 편이었다.

'4층 건물이군.'

기재된 항목은 건물의 소재지와 건물에 정해져 있는 번호 그리고 각 건물에 입주하고 있는 공간별 번호와 건물의 종류, 구조 등으로 간단하게 요약되어 있다.

'건물이 꽤 크네.'

지하층이 없는 4층 건물이었지만 연면적이 생각했던 것보다 넓었다.

대충 훑어본 담용이 서류를 건네주며 말했다.

"자정이 지나면 바로 시작하지요."

"다른 건 더 필요 없습니까?"

"하핫, 금고에 돈이나 많이 들어 있었으면 좋겠네요."

"하하핫, 보스턴 가방이라도 준비할까요?"

"혹시 몰라서 신축성이 좋은 색sack을 가지고 왔죠."

"아, 준비하셨군요."

"근데 깡패들이 밤에도 지키고 있습니까?"

"예, 교대로 밤을 새우는 것 같았습니다."

"경비는요?"

"당연히 있지요. 한 명이 당직을 서고 있는 것 같더군요."

"흠, 하긴 구린 데가 많은 놈들이니 경비를 세워 뒀겠지요."

그리고 구린 만큼 비자금으로 챙겨 놓은 돈 역시 비축하고 있을 것이 틀림없었다.

정부 부처 요소요소에 친일파들을 심어 놓으려면, 맨입으로 턱도 없었을 테니 말이다.

바로 그런 용도로 사용될 비자금을 훔쳐 내는 것이 오늘 할 일인 것이다.

"지원이 필요하시면 말씀하십시오."

"하핫, 정 팀장님을 부르시게요?"

"안 그래도 좀이 쑤신다고 하시던데요? 깡패들을 치우려면 불러야 하지 않겠습니까?"

"그분은 문무대왕 2 작전 중이잖아요?"

절레절레.

"경기도 일대를 수소문해 봤지만 땅을 판 흔적은 없었답니다. 그래서 지금은 거의 포기 상탭니다."

'쩝, 땅에다 묻어 놓았길 바랐는데…….'

당연히 야쿠자들이 은닉한 자금을 말하는 것이다.

'3백 평 이상 팠다면 허가도 받아야 할 테고, 또 소문이 나기 마련인데 그런 일이 없다니…….'

이건 아무래도 잘못 짚은 것 같았다.

'포기해야겠군.'

대덕산업단지관리공단의 폐수처리장에 은닉된 자금도 적지 않은 금액이었기에 그것만 회수해도 야쿠자들은 큰 타격을 면치 못할 것이다.

기실 일본에서 정책적으로 들여오는 자금이든 야쿠자들이 은닉해 들이는 자금이든 대한민국으로 입성하는 걸 막지는 못한다.

다만 그 피해를 최소화하기 위해 발버둥 치는 것일 뿐.

"이 일은 우리 둘만 알고 있는 걸로 하죠."

"저도 같은 생각입니다."

"그리고…… 정공진 게이트 말입니다."

"아, 요즘 떠들썩한 사건 말이죠?"

"예. 조 과장님이 디테일한 정보를 알아봐 준다고는 했으니, 밖에서는 김 요원과 김 선생님이 좀 도와주세요."

"알겠습니다."

"유상곤도 합류시키지요."

"당연합니다."

"근데 담당관님, 정공진 게이트도 손을 대실 겁니까?"

"코가 썩어 문드러질 정도로 구린 돈이잖습니까?"

"하긴…… 그 역시 정치권에서 빼돌린 돈일 확률이 99퍼센트일 겁니다."

"앗싸! 벌써부터 흥이 나는 것 같습니다."

'후훗, 6급 공무원이라 그런가?'

조재춘 과장은 4급 공무원이라 그런지 정치권의 개입에 대해 노코멘트를 한 것에 반해 김창식은 서슴없이 당연하다는 말을 하고 있었다.

그리고 이놈의 나라는 어찌 된 게 새 정부가 들어설 때마다 반드시라고 해도 좋을 만큼 머니 게이트 사건이 생기니 우연인가 필연인가?

"지금 매스컴에서 떠드는 금액은 통틀어서 대략 4천억 원 정도라고 하는데, 조 과장님 말은 1조 2천억 원이라고 합니다."

미국 대통령 선거로 인해 잠시 묻히긴 했지만 정공진 게이트에 대한 열기는 아직 식지 않아서 대한민국이 떠들썩했다.

그 금액이 국민들로서는 짐작도 안 되는 돈이었기 때문이었다.

동성금고 2,239억 원, H은행 566억 원, K은행 1,060억 원, 모두 합해 3,865억 원이었으니 말이다.

근본적인 내용은 정공진이 로비로 정치권과 관계 부서를 움직여 신용보증기금으로 하여금 무리한 대출 보증을 서게 했다는 것이다.

현재 검찰 수사 결과는 단순 사기극임이 판명 난 상태.

하루하루 벌어서 먹고살기 바쁜 서민들이야 정공진 게이트는 딴 나라의 얘기일 뿐 그 외 대다수 국민들은 검찰 수사를 곧이곧대로 믿지 않고 있었다.

당연히 국정원 요원들이야 단 한 사람도 믿는 바가 없었다.

그런 머니 게이트 사건을 파헤치기 위해 담용이 나서기로 한 것이다.

하지만 이에 대해 국정원은 전혀 관계없는 것처럼 꾸며져 있었다.

분배에서도 제외된 상태.

그 이유는 순전히 감사실의 강시우로 인해 마음이 상한 담용을 달래기 위해 던져 준 건이었으니 말이다.

"헐! 3분 1로 줄여서 발표를 했단 말이네요."

"뭐, 없었던 일도 아니니 새삼스럽지도 않지요."

김창식에 이은 김덕기의 말이었다.

"그걸 우리가 차지해 버리면 말도 못 하고 입만 벙긋댈 겁니다."

수사 의뢰도 하지 못한다. 비공식적인 수사라면 몰라도.

"하핫, 그 생각을 하니 통쾌한 마음이 드는데요?"

"요새 예산을 타 내기도 어려운데 그거면 여유 있게 쓸 수 있을 겁니다."

김창식은 정공진 게이트의 돈이 당연히 국정원으로 흘러 들어갈 것이라 믿고 있었다.

'풋, 국정원은 제외라고.'

조재춘 과장이 알아서 돈세탁을 해 줄 것이니 굳이 말해 줄 필요는 없다.

"담당관님, 안 그래도 오늘 아침에 회사 예산 문제로 이상한 얘기가 나돌더군요."

"예? 그게 뭔 말입니까?"

"아, 야당에서 국가 기밀이라는 이유로 예산을 함부로 전용하거나 불법적으로 운용하고 있다고 공개하라는 겁니다."

"사실 그럴 소지가 많긴 하지요."

"그렇다고 사용 내역을 일일이 밝힐 수는 없지요. 만약 그런 일이 생긴다면 국정원은 더 이상 존재할 가치가 없을 테니까요."

국가 정보 기구의 부존재.

큰일 날 소리다.

북한과 대치하고 있는 것도 모자라 주변 강대국들 사이에 끼어 있는 대한민국으로서는 결코 없어서는 안 될 정보기관인 것이다.

"흠, 그도 그러네요."

뭐, 대통령 직속기관이니 예산 운용 부분은 대통령과 연관되어 있을 것이다.

직속상관이 대통령이라는 것은 곧 그가 결재권자임을 의미하는 것이니 말이다.

그럼에도 딴죽을 걸고 나선다는 것은 야당이 원하는 것이 있어서일 것이다.

'후우, 매사가 이 모양이니……'

정치인들은 꼬투리만 잡히면 그걸 빌미로 상대 당에 뭐라도 양보를 얻어 내려고 혈안이 되어 있는 사람들이다.

거기서 그치면 다행이지만 그놈의 꼬투리가 또 일파만파로 번져 급기야 국회는 국정이 마비될 정도로 치고받는 싸움판으로 변해 버린다.

그런 와중에 본말이 전도됨은 물론 이전투구로 인해 회기년도 예산편성을 예사로 넘겨 버리는 사태로까지 번진다.

"청빈한 대통령이라면 해결될 문제지요."

국정원의 예산은 그 누구도 손댈 수 없는 자금이었고, 만약 손을 댄다면 청와대밖에 없다.

그래서 툭 내뱉은 말이 청빈이란 말이었다.

"자, 그런 얘긴 그만하고 우리 일이나 상의해 보지요."

"하하핫, 그러죠. 오늘도 돈을 왕창 벌어서 살림에 보태보죠."

"쿠쿡, 내 말이 그 말입니다."

BINDER
BOOK

친일파 본부를 털다 Ⅱ

담용은 자정이 지나고 행인들의 발길이 뜸해진 틈을 놓치지 않고 움직였다.

그가 택한 침투로는 YMCA 건물 옥상이었다.

이즈음에 와서 건물 옥상을 오르는 스킬은 담용에게 그리 어려운 일이 아니었다.

옥상 난간에 붙어 아래를 내려다보니 얼기설기 복잡하게 얽힌 전깃줄 아래로 좁은 골목이 눈에 들어왔다.

그 이름도 유명한 피맛골이다.

조선 시대, 수도인 한양의 생활상을 그대로 보여 주는 골목.

피맛골은 종로를 지나는 고관들의 말을 피해 서민들이 다니던 길이라는 뜻의 피마避馬에서 유래됐다고 한다.

당시 신분이 낮은 사람들이 말을 탄 고관들을 보게 되면 그 행차가 끝날 때까지 엎드려 있어야 했기에 여간 귀찮아하지 않았다.

그런 연유로 백성들이 고관들과 맞닥뜨리지 않기 위해 샛길로 피해 다닌 것이다.

'서피맛골?'

YMCA 뒷골목에 서피맛골이란 간판이 골목을 가로질러 달려 있었다.

서쪽에 위치한 피맛골이란 뜻이다.

어쨌든 주로 서민들이 이용하다 보니 피맛골 주변에는 선술집과 국밥집 그리고 고갈비를 전문으로 하는 식당들이 성업 중이었다.

지금은 자정을 넘긴 시각이라 가로등만이 밝히고 있는 썰렁한 골목으로 변해 있었다.

담용의 시선은 골목에서도 Y 자 코너에 위치한 건물로 향해 있었다.

얼핏 봐도 무척이나 낡은 건물이었다.

그럴 것이 우중충한 색깔의 외부 마감재로 욕탕 바닥에서나 쓰일 법한 조그만 타일이 촘촘하게 박혀 있었다.

2층에 경비가 머무는지 철창살이 빼곡한 좁은 창문 사이로 희미한 불빛이 새어 나왔다.

'1층은 복어 전문 집이군.'

그런데 성난 시민들이 몰려온 영향이었던지 아예 굳게 닫힌 것이 영업을 완전히 접은 듯했다.

복엇집 앞은 덩치들 몇 명이 골목을 장악해 담배를 피우며 잡담을 하고 있는 모습이었다.

2층과 3층, 4층 그리고 건축물 관리 대장에는 없던 옥탑이 눈에 들어왔다.

옥탑은 창고용인 듯 조립식 패널로 지어져 있었다.

'감시 카메라가……'

담용은 골목을 세세히 살폈다.

잠입 루트를 YMCA 옥상으로 택한 이유는 이곳이 종로통이라 그런지 감시 카메라가 도로는 물론 건물마다 설치되어 있었기 때문이었다.

YMCA 건물 자체에도 빙 돌아가면서 여섯 대의 감시 카메라가 작동하고 있었으니 조심스러울 수밖에 없는 담용이라 중추원 건물도 자세히 살펴봐야 했다.

죄다 먹통으로 만들 것이 아니라면 가능하면 피하는 게 의문이나 의심의 여지가 없게 하는, 담용이 선호하는 수법이었다.

'조금 멀긴 하네.'

YMCA 건물 끝 지점에서도 약간 거리가 느껴지는 위치의 중추원 건물.

착지 지점은 옥탑 앞마당.

대각선 거리는 대략 7미터.

8층에서 4층으로 뛰어내리는 형국이지만 무리라는 생각은 들지 않았다.

하지만 덩치들의 주의를 끌지 않으려면 착지할 때의 충격을 최소화해야 했다.

'후우욱.'

한차례 심호흡을 하고는 차크라를 끌어 올려 몸을 최대한 가볍게 만들었다.

하체에 나디를 부여하자, 마치 깃털처럼 몸이 가벼워진 느낌이 왔다.

그 즉시 난간을 박찬 담용이 점프를 했다.

중력의 법칙에 의해 도달하는 것은 순식간이었다.

처척!

무릎을 굽혀 충격을 완화시킨 담용의 착지는 깃털인 양 사뿐한 감마저 느껴질 정도였다.

당연히 건물 주위의 덩치들은 아무런 눈치도 채지 못했다.

착지하자마자 재빨리 몸을 놀린 담용이 옥탑에 붙은 출입문의 음영이 진 곳에 기댔다.

주변에 고층 건물이 많은 데다 만월에 가까워지는 때의 밝음이어서 언제라도 눈에 띌 수 있어서였다.

'옥탑부터.'

손잡이를 슬쩍 돌려 보니 역시 잠겨 있었다.

나디를 보내 잠금장치를 풀었다.

예전 같아서면 부쉈겠지만 지금은 나디를 자유자재로 운용할 수 있어 그럴 필요가 없었다.

옥탑 안으로 들어선 담용이 안력을 돋워 봤지만 그냥 잡동사니만 가득한 창고일 뿐이었다.

밖으로 나온 담용이 아래층으로 향하는 출입문의 잠금장치 역시 나디로 해체하고는 계단을 따라 내려갔다.

건물 한가운데에 계단이 위치했는데, 마치 막 준공한 건물 같이 깨끗했다.

'의외로 깔끔한데?'

허름한 외관과는 달리 내부는 최고급 리노베이션을 한 흔적이 역력했다.

즉, 건물의 뼈대는 그대로 둔 채 노후화된 전기 시설이나 각종 설비 등을 대대적으로 교체한 것이다.

그래서인지 노후화된 건물 특유의 퀴퀴한 냄새 대신 기분 좋은 방향제 냄새가 났다.

'이 정도면 돈을 꽤 들였겠어.'

허름한 외관으로 뭇사람들의 눈을 속이고 실속은 실속대로 차린 교활함이 엿보인다고나 할까.

실로 극과 극의 차이를 보이는 외관과 내장이다.

4층에 도착해 귀를 기울이니 인기척이 전혀 없었다.

단지 경비가 TV를 켜 놨는지 잡음만이 간간이 들려왔다.

'호오, 찾기 쉽게 해 놨군.'

가장 먼저 눈에 띈 것은 출입문마다 돌출된 표지판이었다.

회장실, 부회장실, 간사실, 고문실, 총무부장실 등등.

'잘됐군.'

찾는 수고를 덜었다.

그렇지만 복도 양 끝에 감시 카메라가 있었다.

다행히 계단 쪽에는 감시 카메라가 보이지 않아 담용은 지체 없이 아래층으로 향했다.

컴컴한 가운데 3층을 지나 2층에 당도하니 옅은 불빛과 함께 시끄러운 소음이 들려왔다.

벽에 기대 슬쩍 내밀어 보니 출입문 하나가 활짝 열려 있었다.

역시나 감시 카메라가 설치되어 있었다.

일단 감시 카메라부터 처리해야 했다.

귀신이 곡할 만한 완전범죄가 필요한 시점이었다.

그런데 등에 메고 있는 작은 색 외에는 아무런 도구를 지니지 않은 담용이라 뭐라도 필요했다.

주변을 살피니 1층에서 올라오는 계단 입구에 거치대가 보였다.

얼른 다가가 살피니 각종 일본 잡지와 홍보용 리플렛이 잔뜩 꽂혀 있었다.

3단짜리 리플렛 두 장을 빼낸 담용이 제자리로 돌아와서는 차크라를 끌어 올려 양손에 나디를 피워 올린 후 리플렛에 심었다.

손을 펼치니 두 장의 리플렛이 둥실 떠올라 천장에 달라붙었다.

'가라.'

리플렛에 심은 나디에 심어를 전했다.

천장을 스치듯 날아간 리플렛이 감시 카메라를 덮는 것은 순식간이었다.

이를 본 담용이 움직이기 시작했다.

리플렛에 심은 나디는 담용이 거두지 않는 한 명령을 충실히 이행할 것이라 마음대로 움직일 수 있었다.

'어? 젊은 친구로군.'

의자에 앉아 책상에 발을 올려놓고 TV 음악 프로그램에 홀딱 빠져 고개를 좌우로 흔들며 박자를 맞추고 있는 30대 전후의 사내.

게다가 눈마저 감고 있어 담용이 들어선 것도 모르고 있었다.

TV를 중심으로 좌우에는 각각의 화면을 담은 10여 대의 모니터가 놓여 있었다.

'푹 쉬어라.'

손가락에 나디를 피운 담용이 후두부에 갖다 댔다.

명령을 받은 극미량의 나디가 사내의 머리에 심어졌다.

순간, 이상한 감각을 느꼈는지 사내가 눈을 떴다.

하지만 이내 눈이 흰자로 채워지면서 까무룩해진 사내의 목이 힘없이 꺾였다.

기절한 것이다.

사내의 머리에 침투한 나디가 뇌의 피질과 해마 그리고 편도 등의 부위에 영향을 준 탓이었다.

즉, 뉴런을 연결하는 시냅스가 끊어지게 해 기억을 상실케 한 것.

'자고 나면 개운할 거다.'

아마도 사내가 내일 아침 깨어났을 때는 머릿속이 하얗게 비워진 느낌일 것이다.

즉 단편적인 해리성 기억상실이다.

다행히 2차 각성을 한 이후라 이 역시 경지에 이르러 있어 사내가 안정된 생활을 영위하기만 한다면 자연히 상실한 기억은 치유되게 되어 있었다.

하지만 그때는 이미 한참이 지난 터라 방금의 일은 까마득하게 잊은 후일 터였다.

'어디 보자…… 여기 있군.'

딸깍.

모니터를 무용지물로 만드는 것이야 스위치만 내리면 그만이었다.

이제부터는 거리낄 것 하나 없는 담용의 시간이었다.

'여긴……'

2층은 대부분이 사무실이었고, 복도 끝에 식당이 배치되어 있는 구조였다.

'친일파 주제에 뭔 업무가 그리 많다고……'

창문으로 언뜻 비치는 책상들이 꽤나 많은 데다 서류철도 제법 쌓여 있었던 탓에 그런 생각이 들었다.

책상마다 컴퓨터가 설치되어 있긴 했지만 얼핏 봐도 활용하지 않는 태가 역력했다.

이는 아직 컴퓨터에 익숙한 사람보다 익숙해지려는 사람이 더 많은 때임을 말해 주고 있었다.

어쨌든 별로 중요치 않다고 여긴 담용은 3층으로 올라가 주욱 훑었다.

크고 작은 회의실이 눈에 들어왔지만 역시나 별로 특이한 게 없는 듯해 4층으로 올라갔다.

그 즉시 이미 봐 두었던 총무부장실부터 점검해 보기로 한 담용이 거침없이 들어섰다.

당연히 잠금장치는 무용지물이었다.

안력을 돋워 보니 총무인 장무수의 집무실치고는 의외로 단출한 실내라 담용이 다 어리둥절했다.

철제 책상과 책장 그리고 철제 캐비닛, 소파와 옷걸이가 전부였다.

이 시대의 전형적인 사무실 집기들이다.

그리고 단 하나 원하던 것이 있었으니 그것은 금고였다.

'무식하도록 크네.'

장무수의 책상 뒤편에 가슴 어름 정도 높이의 무식하도록 육중해 보이는 금고가 자리하고 있었던 것이다.

하지만 담용은 섣불리 다가가지 않았다.

그 어떤 함정이 있을지 몰라 한 발 한 발 걸음과 동시에 그의 예리한 눈초리가 전면을 살폈다.

책상 가까이 왔을 때, 바닥의 전기선과 컴퓨터 랜선을 케이블로 마감해 놓은 것이 보였다.

그런데 두 개여야 할 선이 세 개였다.

문득 의심이 간 담용이 걸음을 멈추었다.

'뭐지?'

아무리 살펴도 전화기 선은 아니었다.

전화기 선이야 벽에 콘센트가 부착되어 있으니 책상 안쪽에 있을 것이다.

'아, 비상벨.'

그런 생각이 들자, 담용의 눈이 시퍼렇게 빛을 발했다.

하지만 실내에는 그 어떤 레이저 감시망도 눈에 들어오지 않았다.

"푸흣, 너무 비약했군."

자조가 섞인 짧은 웃음을 내뱉은 담용이 세 줄기 선을 따라갔다.

두 개의 선은 책상 위로 이어졌지만 나머지 하나는 책상 밑으로 연결되어 있었다.

"장무수가 꼼꼼한 성격인가 보군."

책상 위를 정리, 정돈해 놓은 것만 봐도 미루어 짐작할 수 있었다.

아무튼 비상벨까지 설치한 것으로 보아 새삼 금고가 범상치 않아 보였다.

그리고 선은 금고와 연결되어 있었다.

"금고 문이 열렸을 때 비상벨이 울리게 해 놨군."

그거야 스위치를 끄면 그만이라 전기 코드를 찾아 꺼짐으로 해 버렸다.

이제 더 이상 걸릴 것이 없었다.

꽤나 오래 묵은 듯해 보이는 금고는 무쇠 재질이었고, 정면에는 든든한 수문장처럼 고전의 아날로그 방식의 까만 다이얼이 떡 버티고 있었다.

'어디 얼마나 버티는지 볼까?'

다이얼에 검지를 가만히 갖다 댄 담용이 신중한 표정으로 나디를 풀었다.

철제 금고는 출입문 따위의 잠금장치와는 그 격을 달리하기에 손아귀에 땀이 살짝 배어났다.

그랬기에 나디의 양이 좀 많았고, 긴장이 된 담용이 집중

하기 시작했다.

그럴 것이 나디는 담용과 혼신일체였기 때문이었다.

즉, 그의 뇌이자 눈이며 귀 등 즉 오관이나 마찬가지인 것이다.

고로 나디의 양이 많아진다는 의미는 충격을 받게 되면 담용 역시 그만큼의 영향을 받기에 대미지가 큰 것이다.

2차 각성 이후 초능력이 깊이가 더해지고 더 강해진 반면에 대미지도 그만큼 비례해 강화되었다.

이럴 때 공격을 받거나 외부의 충격이 가해진다면 목숨을 장담하기 어려울 정도로 치명적일 수 있었다.

물론 단 한 번도 그런 경험이 없었던 터라 확신할 수는 없지만 담용의 기감은 그렇게 말하고 있었다.

철컥.

마침내 금고의 잠금장치가 풀리는 소음이 났다.

'됐어.'

잠깐 사이에 이마에 맺힌 땀을 훔친 담용이 금고문을 열었다.

'호오.'

장무수의 성격이 깔끔했던지 참 가지런하게도 쌓아 놓았다.

얼핏 보면 무슨 장부책 같아 보이지만 담용은 경험상 그것이 채권임을 단박에 알아봤다.

그리고 한국 돈과 엔화 그리고 달러가 묶음별로 차곡차곡 쟁여져 있었다.

'서류…… 플로피 디스켓.'

맨 아래 칸의 플라스틱 바구니 안에 들어 있는 내용물이었다.

그리고 그 옆에 황금빛 보자기에 싸인 상자 하나.

얼른 보자기를 풀어 보니 고풍스러워 보이는 나무 상자가 나왔다.

크기는 대충 가로 30센티, 세로 20센티, 높이 20센티였고. 자물쇠로 잠겨 있었다.

'이건 뭐지?'

궁금해진 담용이 얼른 자물쇠를 해제시키고 열어 보았다.

먼저 자주색 벨벳 천이 눈에 들어왔고, 금형으로 짜 맞춘 듯이 세 개의 물체가 볼록하게 도드라져 있었다.

행여 손상이라도 될까 싶었는지 유동 공간이 전혀 없는 보관함이었다.

덩달아 조심스러워진 담용이 벨벳 천을 벗겨 냈다.

순간, 보광이 눈을 아프게 찔러 왔다.

아니, 망막이 금빛으로 물드는 착각이 들었다고 해야 맞았다.

'아…….'

금동불상이었다. 그것도 세 개나 됐다. 셋 모두 반가상이 아닌 입상으로 모양도 제각각이었다.

정말이지 문화재에 관해 단 일도 모르는 담용이다 보니 국보인지 보물인지 알 길이 없지만 섬세하기 짝이 없는 세공만 보더라도 역사적 자료로서 가치가 있음을 알 수 있었다.

'이 자식들이 이걸 일본으로 가지고 갈 생각이었나?'

친일파들은 대한민국에서 태어난 일본인이나 마찬가지여서 애국이란 개념 자체가 없다.

고로 돈이 되는 일이라면 뭔 짓이든 서슴지 않는다.

담용이 나무 상자를 수습했다.

채권이나 돈보다 먼저 챙겨 가야 할 것 같아 가지고 온 색에 욱여넣었다.

색은 그거 하나로 꽉 차 버렸다.

'금괴는 없나?'

어쩐 일인지 금괴나 보석 따위는 보이지 않았다.

그러나 눈앞에 보이는 돈만으로도 차고 넘쳤다.

'너무 많은데?'

조그만 색으로는 어림도 없을 것 같았다.

구린 데가 많은 단체일수록 현금을 무기로 삼는 것은 당연했으니 쟁여 놓고 쓰는 것이리라.

'쩝.'

휴대폰을 꺼내 김창식에게 걸었다.

욕심이 많아서라기보다 탈탈 털어서 친일 행각에 제동을

걸려는 것이다.

뭐, 돈도 버니 일석이조가 따로 없다.

ㅡ담당관님. 무슨 일입니까?

"아, 하핫. 가방이 있었으면 하고요."

ㅡ예? 그렇게 많아요?

"예, 좀 많네요. 아까 보스턴백이 있다고 했죠?"

ㅡ어, 없어요. 그냥 농담으로······.

"쩝, 다른 방에서 찾아봐야겠네요."

ㅡ근데 가방을 찾는다 해도 무랑루즈파 놈들이 돌아다니는데 어떻게 옮기려고요? 놈들을 처리할까요?

"쥐도 새도 모르게 하려면 그래서는 안 되죠."

ㅡ하면 뭘 도와드려야······.

"일단 노끈을 구해 보고 방법을 찾아봐야죠."

노끈에 매달아 내리겠다는 뜻이었는데, 담용이 제아무리 초능력자 하더라도 저 많은 돈을 짊어진 채 점프를 할 수는 없어서였다.

발각되고 안 되고는 그다음 문제였다.

ㅡ아, 그럼 어디서 기다릴까요?

"다시 연락을 할 테니 일단 대기하고 계십시오."

ㅡ알겠습니다.

"젠장, 너무 많아도 골치로군."

꾸물댈 시간이 없는 담용은 부지런히 발품을 팔았다.

거침없는 그의 발길이 닿은 곳은 옥상의 창고였다.

'자루.'

창고를 열었을 때, 얼핏 눈에 띄었던 자루 두 장 정도면 충분했다.

장무수의 집무실로 되돌아온 담용은 들어서다 말고 회장실에 들러 보았다.

책상과 책장, 소파 외에 변변한 집기 하나 없이 휑했다.

단지 구석에 골프 백만이 덩그러니 세워져 있을 뿐이었다.

'금고가 있을 리가 없지.'

다음으로 부회장실을 열어 보았다.

여긴 더 휑한 느낌이었다.

'등산 배낭?'

침낭까지 매단 배낭이 불룩한 걸 보면 머지않아 등산할 계획이 있음을 말해 주고 있었다.

그런데 회장실이나 부회장실이나 공히 휑하기 짝이 없었다.

아마도 업무가 있을 때 외에는 그냥 오며 가며 들르는 용도로 쓰는 것 같았다.

하기야 비영리단체의 특성상 총무가 일을 도맡아 할 테니, 회장 등은 본연의 업무에 임하다가 일이 있을 때만 출근하는 형식일 것이라 사무실이 휑할 수밖에.

'회장은 골프광이고 부회장은 등산광인가 보군.'

간사실과 고문실은 들를 필요를 느끼지 못해 그냥 지나쳐
서 돌아왔다.

'시작해 볼까?'

담용은 부지런히 채워 넣기 시작했다.

채권 내용이야 나가서 확인하면 되는 것이다.

마구잡이로 쓸어 넣다 보니 금세 차 버렸다.

당연히 서류 파일과 플로피 디스켓까지 다 때려 넣었다.

'헐, 전혀 예상 못 했네.'

들기에도 버거워 보이는 무게감이 담용을 압박했지만 기
분은 절대 나쁘지 않았다.

컴퓨터 본체가 욕심이 났지만 완전범죄가 목표라 포기했
다.

정 필요하다 싶으면 다시 방문하면 되었다.

금고를 원래대로 복구시켰다.

그러나 이미 나디를 이용해 다이얼 부속을 파괴시켜 버린
후였다.

아마 기술자가 와도 열기는 어려울 터였다.

용접기를 사용해서 연다면 또 모를까.

장무수가 언제쯤 귀국할지는 모르지만 오더라도 금고를
열기까지는 제법 시일이 걸릴 터였다.

그때면 채권은 이미 소화되어 흔적을 찾기 어려울 것이다.

'이제 가 볼까?'

담용은 일단 가장 중요하다고 여겨지는 색부터 등에 멨다.

이어서 양손에 자루를 들고는 옥상으로 향했다.

옥상에 오르면 높은 YMCA 건물을 등지는 게 중요했다.

혹시라도 밤을 새우는 사람의 눈에 띌 수도 있어서였다.

음영이 진 곳에 골프 가방과 배낭을 두고는 창고 문을 열었다.

이제는 운반을 고민해야 할 시간.

역시 언뜻 봤던 로프가 생각난 것도 행운이라면 행운이었다.

창고란 원래 그런 용도지만 오늘의 담용에게는 유익하기 짝이 없었다.

자루 가운데를 묶은 담용이 건물 아래의 도로를 내려다보았다.

'녀석들 제법이군.'

새벽 2시가 다 되어 가는데도 여전히 서성대고 있었다.

그것도 두 명씩 조가 되어 코너를 맡고 있으니, Y 자 골목을 다 틀어막고 있는 형국이었다.

'흠, 뒤쪽으로 가야겠군.'

오늘만큼은 완전범죄주의자가 되기로 했으니 놈들을 피하는 건 기본이었다.

'2층, 3층……'

본시 피맛골의 건물은 대부분 낡고 오래된 탓에 3층 이상

높이의 빌딩이 거의 없었다.

그나마 담용이 있는 4층 건물은 높은 편이어서 나머지 건
물들을 아래로 내려다볼 정도였다.

고로 자루를 옮기는 것은 그리 어렵지 않았지만, 지붕이
영 부실한 것이 발만 디뎌도 푹 꺼질 것 같아 선뜻 실행하기
가 어려웠다.

'아, 사다리가 있었지.'

얼른 창고에서 LS형 알루미늄 사다리를 가져와 일자로 완
전히 펼쳤다.

이어서 건너편 난간과 난간 사이에 걸쳐 놓고는 탄탄하게
고정됐는지 점검을 했다.

사실 난간과 난간 사이는 2미터도 채 되지 않았다.

'이 정도면…….'

전면을 살폈다.

'어디가 좋을까?'

주욱 살피니 파전집, 시골집, 청진동국밥집, 삼해집 순으
로 이어져 있었다.

'삼해집 정도의 거리면 들키지 않겠군.'

거리는 대력 40미터 내외.

그 정도 거리는 굳이 지붕을 딛지 않고 건물의 난간만을
이용해 갈 수 있을 것 같았다.

탈출로를 정한 담용이 김창식 요원에게 전화를 걸었다.

-옛! 접니다.

"삼해집이라고 아세요?"

-어? 거기 굴보쌈으로 유명한 집인데요?

"거기로 차를 몰고 오세요."

-근데 너무 멀지 않습니까? 짐도 있을 텐데요.

"무랑루즈 애들을 피하려면 어쩔 수 없습니다."

-알겠습니다. 먼저 가서 기다리지요.

"아, 혹시 모르니 번호판을 바꾸는 게 좋을 것 같습니다."

추적의 단서가 될지 모르니 만사불여튼튼이다.

-문제없습니다.

통화를 마친 담용이 양손에 자루를 들었다.

'진짜 묵직하네.'

이대로라면 사다리가 견디지 못할 것 같아 차크라를 끌어올려 몸을 가볍게 했다.

발을 올리자마자 삐걱대는 사다리였지만 담용은 무시하고 금세 건넜다.

이어 자루를 내려놓고 사다리를 거둬 창고에 집어넣었다.

옥상으로 통하는 출입문까지 이상이 없음을 확인한 담용이 로프만 챙기고는 훌쩍 뛰어 난간에 섰다.

집집마다 구획을 표시하는 난간이라야 폭이 들쭉날쭉한 데다 낡기까지 해서 곡예를 해야 할 판이었다.

'후후욱.'

심호흡을 한 담용이 차크라를 끌어 올려 나디를 전신에 돌리고는 양팔과 두 다리에 집중시켰다.

'으차!'

나디의 덕분인지 조금 전보다 한결 거뜬했다.

이제 발걸음을 빨리하는 방법만이 몸의 균형을 유지하는 길이라 담용은 집중에 집중을 더했다.

그 결과 불과 눈 몇 번 깜빡할 사이에 삼해집 지붕에 당도하는 기적을 연출했다.

심해집은 그런대로 양호한 3층 양옥집이라 안심한 담용이 나디를 거둬들였다.

담용은 먼저 주변의 감시 카메라부터 살폈다.

'확실하게 해 두는 게 좋지.'

차량이 겨우 비켜나는 골목이라 2000년도인 지금은 감시 카메라가 있을 턱이 없었지만, 그래도 확인해서 나쁠 것은 없었다.

'없는 것 같은데?'

그렇게 결론을 내리자 때를 맞춰 김창식 요원의 차가 도착했다.

그 즉시 자루를 로프에 묶어 아래로 내렸다.

김창식과 김덕기가 재빨리 내려서는 트렁크를 열고 자루를 집어넣었다.

두 사람이 서두니 일은 순식간에 끝났다.

"갑시다."

3층에서 풀쩍 뛰어내린 담용이 색을 벗어 들고는 조수석에 올라탔다.

"제가 겨우 들 수 있을 정도로 묵직하던데요? 전부 돈입니까?"

"예, 채권이 좀 많더군요."

"채권이라면……. 하핫, 무기명이면 좋겠네요."

"자세히 보지 않아서……. 그보다 전 이게 더 중요할 것 같은데요?"

색을 연 담용이 나무 상자를 개봉했다.

"헉! 그, 금동입상불!"

물건을 보자마자 김창식 요원의 입에서 튀어나온 말에 담용이 더 놀라 되물었다.

"어? 아는 물건입니까?"

"그, 그럼요. 그거 오래전에 사라졌던 문화재로, 국보급으로 추정된다고 했습니다."

"예? 구, 국보요?"

국보급 문화재라면 조상의 얼이 담긴 영적인 유물에다 사료적 가치가 대단하다 할 수 있어 그 값어치를 논할 수가 없는 물건이었다.

"틀림없습니다. 사라진 게 일제강점기 때로 추정하고 있습니다만, 확실치는 않은 게 기록이 아니라 구전일 뿐이라서요."

"기록이 됐든 구전으로 전해졌든 일제강점기라면 무척 오래전의 일인데, 김 요원이 어찌 알고 있는 겁니까?"

"입사하고 처음 배치된 곳에서 문화재에 관련된 일을 한 적이 있거든요. 뭐, 문화재에 대해 잘 안다고는 할 수 없지만 몇 가지는 특이해서 기억하고 있는데, 이 금동불상도 그중 하나라서요."

"시간이 좀 있으니 들어 볼까요?"

"하하, 금동불상에 얽힌 얘기가 좀 슬프긴 하지만 엄연히 실화라는 거지요."

"실화라고요?"

"예, 이 얘기를 해 준 어르신이 아직도 생존해 계시거든요."

"오, 그래서 구전이라고 했군요. 그 어르신의 나이가 많겠네요."

"5년 전에 85세였으니 올해 딱 90세네요. 어릴 때 소아마비를 앓아 한쪽 다리를 못 쓰는 분이시기도 하죠."

"어디 좀 들어 봅시다. 갑자기 흥미가 돋네요."

갑자기 그 얘기가 궁금해지는 담용이었다.

"일제강점기 당시 부여 군수리 절터 근처에 살던 국상수란 분이 밭을 갈다가 목탑터의 심초석 아래에 묻혀 있던 금동불상을 발견했답니다."

"거기 가 봤습니까?"

"그럼요. 절터만 남아 있더군요. 아무튼 국상수란 분의 아들이 근동에서도 무척 영리했다고 합니다. 그래서 어려운 살림에도 불구하고 경성대학을 보내 다니게 했는데, 그만 징집 대상이 됐답니다. 그래서 집으로 돌아와 숨어 있었다고 합니다. 아버지는 아들이 자신보다 금동불상에 대해 더 잘 알지 않겠냐 싶어 숨어 있는 동굴로 가서 보여 주었답니다."

"그, 그래서요?"

얘기가 흥미진진할 것 같은 예감에 호기심이 동한 담용이 성급하게 재촉했다.

"아들이 그걸 보고는 밤에 몰래 사진관을 하는 친구에게 가서 사진기를 빌려다가 찍어 놓은 게 기록으로 남아 있게 됐지요."

"아, 아……."

김창식이 금동불상을 대번에 알아본 이유가 거기에 있었다.

"그런데 어느 날 국상수 옹 부자가 갑자기 피살됐지 뭡니까?"

"예? 피살됐다고요?"

"쩝, 국상수란 분을 잘 아는 분의 얘기이니 맞을 겁니다. 피살된 때가 공교롭게도 해방을 맞은 그날이라고 했습니다."

"저런! 누구에게 죽었는지는 모르고요?"

"정확히는 알 수 없고요. 소문은 아들을 숨긴 죄로 고등계 형사들이 들이닥쳐 둘 다 총살시킨 걸로 나 있지요. 몸에서 총알이 나왔으니 말입니다."

"하면 사진은 어떻게 입수한 겁니까?"

"아, 이 얘기를 해 주신 분이 국상수 부자의 시신을 거두다가 아들의 품에서 나온 걸 가지고 있었다고 했습니다."

"아, 아……."

"이게 또 얘깃거리가 되는데요. 그 사진을 입수해 가지고 있던 분이 보릿고개를 넘기가 어려워 집안에 팔아먹을 건 없고 해서 금동불상 사진을 가지고 면사무소에 갔었답니다."

"그때 제출한 겁니까?"

"굶어 죽게 생겼으니 이걸 받고 쌀이라도 한 말 달라고 했답니다."

"하! 무척 원초적인 이유로군요."

"어르신들 말씀이 보릿고개 당시에는 집안의 골동품을 내다팔아서 끼니를 때웠다고 하더군요. 그러니 그분도 그게 돈이 되리라 싶었던 거지요."

"끝내 누구 소행인지는 밝혀지지 않았고요?"

"아직은요. 하지만 거기 어르신에게서 이런 말을 들었습니다. 국상수란 분의 손자, 그러니까 막내아들의 아들이 되겠네요. 이름이 국성종인데……."

"어? 국성종이라면 혹시 서울지방검찰청에 근무하는 국

검사장님을 말하는 겁니까?"

"어? 김 선생님이 아시는 분입니까?"

"중부서도 관할에 속하니까요. 또 직접 지휘를 받기도 했으니 잘 알지요."

"아, 중부경찰서에 계셨으니 잘 알겠네요."

"말투로 보아 그분이 범인을 찾고 있다는 뉘앙스가 풍기는데 맞소?"

"맞습니다. 직업이 검사이니 애를 써 봤겠지만 서글프게도 지지부진한 상태지요. 증거가 너무 빈약하잖아요. 세월도 많이 흘렀고요."

"하지만 이제는 아니지요. 여기 증거물 중 하나가 나타났지 않습니까?"

절레절레.

"그것만으로는 턱도 없습니다."

"맞을지는 모르겠지만 이건 그 당시 사라진 이후 개인이 소장하고 있다가 도둑맞은 것일 겁니다. 그렇다면 중추원 회원 놈들 중에 범인이 있을 겁니다. 아니라 해도 이것이 유통된 경로를 추적하면 범인이 누군지 알 수 있겠지요."

"정말 범인이 그들 중에 있을까요?"

"확신할 순 없지만 심증은 가지요."

그러고 보니 정말 욕심이 나서 전문가에게 의뢰해 구한 것이 아니라면 그럴 가능성도 있었다.

"그렇다면 이걸 어떻게 처리해야 하죠?"

"그건 좀 의논해 봐야겠는데요?"

일단은 훔쳤다는 게 문제가 됐기에 정상적인 처리는 불가능했다.

정관계 곳곳에 일제 앞잡이들이 있어서 금방 들통이 날 것도 감안해야 했다.

더군다나 채권과 돈을 몽땅 업어 왔으니, 금동불상을 공론화시켜 문제 삼을 수도 없었다.

"이거 졸지에 골치 아픈 물건을 떠안은 격인데요?"

"잠잠해질 때까지 보관하고 있는 수밖에 없습니다. 문제는 중추회 놈들이 왜 이걸 가지고 있느냐는 겁니다."

"일본으로 밀반출하려는 속셈이지 않겠소?"

"역시 김 선생님은 예리하십니다."

"문화재라면 환장하는 일본인들의 습성이니 당연한 거요."

"어쨌거나 담당관님이 또 한 건 하신 것 같습니다, 하하핫."

담용은 김창식 요원의 웃음소리가 귀에 들어오지 않았다.

뇌리를 가득 채운 건 두 사람의 말처럼 친일파들이 문화재를 밀반출하려고 했다는 사실이었다.

그리고 여태껏 그런 것에 전혀 관심이 없었다는 것에 화가 났다.

'도대체가 이놈들은 어찌 된 게…….'

놈들의 조상들은 일본에게 나라를 팔아먹더니, 이제는 그 후손들이 반성은커녕 문화재를 팔아 치부를 하다니.

당장이라도 뇌 구조가 어떤지 파헤치고 싶어졌다.

'내일이라도 당장 일본으로 건너가 깽판을 놓고 싶군.'

깽판을 놓는 김에 수탈당한 문화재를 몽땅 가지고 오고도 싶었다.

하지만 마음만 있을 뿐, 아직 때가 이르지 않았다.

"김 요원, 문화재 밀반출이 자주 있는 일입니까?"

"그걸 알 수가 없습니다."

"어째서요?"

"그게…….'"

"거기에 대해서는 제가 말씀드리지요."

김덕기가 나섰다.

"아, 저보다는 더 잘 아시겠군요."

"뭐, 나도 전문 수사관이 아니라서 많이는 알지는 못하오. 아무튼 문화재에 관련된 일은 원체 은밀하게 진행되다 보니 밀반출 행위가 이루어지고 있는지 없는지를 알 수가 없다는 겁니다."

듣고 보니 그 말이 맞는 것 같았다.

"누군가의 제보가 없이는 알아내기 어렵다는 거군요."

"맞습니다. 그런 정보조차도 알아내기가 무척 어렵습니

다. 그렇다고 24시간 지키고 있을 수도 없는 일이고요."

"문화재 전담 수사관이 없습니까?"

"별도로 지정된 수사관은 없는 걸로 알고 있습니다."

그냥 사건이 발생하면 투입되지만, 그들은 대개 문화재에 관해 잘 알지 못하는 수사관들이라는 뜻.

"저도 몇 번 수사를 해 봤지만 아쉽게도 전부 미결로 남겨야 했지요."

그만큼 문화재에 관련된 수사가 어렵다는 얘기였다.

"혹시 나와 있는 통계가 있습니까? 예를 들면 그동안 얼마나 도난됐으며 또 회수율은 얼마인지 같은 거요."

"아, 제가 그때 공부를 좀 해 놔서 조금 알고 있습니다. 통계를 내기 시작한 건 지난 1985년부터입니다. 지금까지 대략…… 도난된 문화재가 1만 8천여 개나 됩니다."

"헐. 그러다가 씨도 안 남겠군요. 회수율은요?"

"아쉽게도 17퍼센트에 그치고 있습니다."

'미친…….'

"사실 우리나라가 보유하고 있는 문화재보다 밖으로 나가 있는 문화재가 더 많습니다."

"아……."

"예, 모두가 거의 약탈된 거죠."

"얼마나 되는데요?"

"어마어마합니다. 그중에서도 일본이 가장 많습니다. 그

다음이 미국이고요. 그러니까…….”

기억을 더듬는지 김덕기가 머리를 갸우뚱하더니 이내 입을 열었다.

“일본에 있는 우리 문화재가 약 3만 4천여 건으로 조사되고 있습니다. 미국이 그 절반 정도 되고요. 그 외에도 영국, 프랑스, 오스트리아 등 여러 나라에 분산되어 있지요.”

“약탈한 것이니 반환해 올 수는 없습니까?”

순진한 발상이었지만 궁금해서 묻는 것이다.

“그에 대해 일본 정부가 입장을 표명한 것이 있습니다.”

“……?”

“1965년 한일협상 때 일본이 소유하고 있는 조선 문화재는 모두 정당한 수단에 의한 입수물이므로 반환할 의무가 없다고 했습니다.”

“지랄…….”

약탈이 정당한 수단이라니 절로 욕이 튀어나왔다.

“또한 이런저런 사정을 고려해 일부 문화재를 증여贈與한다는 극히 일본적인 입장을 취하며 반환을 일축했지요.”

“괴변이군요.”

“당연히 괴변이지요. 그 말을 10년 전인 1990년에 데라우치 마사다케 문고 반환 때도 언급했으니까요.”

‘데라우치라면 조선 초대 총독인데…….’

하긴 그놈이 약탈해 간 것도 수천 점에 이를 것이다.

김덕기의 말은 그중 겨우 일부분의 문화재가 돌아왔다고, 당연히 반환할 것을 반환하면서 또 엉뚱한 소릴 지껄였다는 뜻이다.

담용은 그렇게 이해했다.

'정말…… 후안무치가 극에 달한 놈들이다. 오냐, 머지않아서 네놈들에게 불운의 아이콘이 뭔지 가르쳐 주지.'

꾸욱.

담용의 주먹이 아프도록 쥐었다.

지금 쥐인 주먹이 향후 일본을 방문했을 때, 어떤 형태로 나타날 것인지는 담용도 알지 못했다.

아무튼 오늘의 성과는 채권도 돈도 금동입불상도 아닌 담용이 문화재에 관심을 가졌다는 데 있었다.

BINDER
BOOK

왜 이렇게 되는 게 없어?

(주)KRA는 유상현 사장과 이기주 부사장 그리고 담용, 이 세 사람이 핵심이었다.

요즘 회사가 잘 돌아가서 그런지 화색이 만면한 유상현 사장과 이기주의 담용을 대하는 태도는 극진하다 할 수 있었다.

그럴 것이 근래에 들어 대한민국의 법인 부동산 회사 중 (주)KRA의 성장이 놀랄 만했기 때문이었다.

당연히 담용의 활약으로 인한 부분이 컸지만, 그 시너지 효과인지 TF팀 외에 다른 부서에서도 예전과는 달리 괄목할 만한 수익을 올리고 있어서 경영진이 담용을 떠받드는 건 당연했다.

어쨌든 오랜만에 회사에 출근한 담용과 구수회의를 마친 후, 유상현 사장이 어렵게 입을 뗐다.

"육 이사, 회사 직원들을 위해 강의를 해 줄 수 없겠나?"

"예? 회사 직원들을 위해 강의를 해 달라고요?"

"그러네. 사실 다들 공인중개사 자격증이 있긴 하지만 그 내용을 다 기억하는 직원이 몇 명이나 되겠나? 전문 분야로 세분화되다 보니 더러는 다 까먹었을 거네."

맞는 말이었다.

직장 일선에 나섰어도 부단한 노력을 게을리하지 말아야 하는 것이 전문 분야에서 일하는 사람들의 기본적인 자세라 할 수 있다.

그러나 현실은 그런 직원이 많지 않다는 것이다.

특히 공인중개사들의 경우가 더 그런 측면이 많은데, 이유는 눈앞의 이익을 좇아 움직이다 보면 그날그날 바뀌는 법과 규제 정도만 익히고 지나치는 경향이 있었다.

'후우, 바쁜데…….'

하지만 몸담고 있는 회사라 거절할 수도 없지 않은가?

더군다나 등기이사로서 당연히 직원들의 복지를 위해 뭔가 할 의무가 있었다.

'그래, 이참에 좀 쉬어 가지 뭐.'

하지만 향후 계획이 들쭉날쭉해서 당장 시행해야 할 판이었다.

'안 되면 다음 기회로 미루면 되지.'

마음의 결정을 한 담용이 물었다.

"강의라면 어떤 내용을……. 정해 놓은 게 있습니까?"

"그러지 않아도 육 이사가 부재중일 때 직원들에게 설문 조사를 했다네."

"어? 그래요?"

"아무래도 토지를 다루는 직원보다 손쉬운 커머셜 빌딩을 취급하는 직원들이 압도적이다 보니 건물 매매에 관심이 많더군. 특히 세입자 명도 부분이 항상 골칫거리라 직원들도 그 점에 대해 좀 명쾌한 가르침을 줄 강사가 있었으면 하더군."

"세입자 명도 부분이라면 괜찮은 강사들이 많을 텐데요?"

"하하하, 우리 회사에 협회에서도 그 이름이 짜르르한 명강사가 있는데 멀리 가서 구할 필요가 없잖나? 2시간 정도만 시간을 내주게."

옆에 있던 이기주가 거들고 나섰다.

"육 이사, 회사 복지 차원에서 교육 시간을 마련한 것이네. 직원들의 실력이 향상돼야 수익도 늘어날 게 아닌가? 그러니 육 이사가 좀 나서 주게."

"흠, 알겠습니다. 다만 한 가지…… 제 일정이 빡빡해서 빠른 시일 내여야 한다는 겁니다."

"그 문제는 육 이사가 날짜와 시간을 정해도 되네."

"그럼 내일 아침이면 어떻습니까?"

"내일 아침?"

"그게 안 되면 한참 후에나 가능할 겁니다."

"흠…… 알았네. 급한 일이 있는 직원이야 어쩔 수 없겠지만, 어차피 출근을 해야 할 테니 거의 참석할 수 있을 것이네."

"그럼 그렇게 알고 준비하지요."

담용이 자리에서 일어났다.

"수고하게."

TF 사무실.

미팅이 한창 진행 중에 있었다.

안경태와 유장수의 업무 보고가 끝나고 송동훈의 차례가 됐다.

"송 과장, 춘천은 어땠어?"

"일단 개괄적으로 조사를 해 봤는데, 아직은 많이 낙후되어 있더군요."

"서울같이 생각하면 안 되지."

"춘천시 퇴계동에 국일건설에서 짓다가 중단한 아파트 단지는 현재 약 80퍼센트의 공정을 보이고 있는 상탭니다. 중단한 이유는 공사 대금을 받지 못한 하청업자들이 공사를 보이콧한 것이랍니다."

"분양이 안 된 건가?"

"그것도 이유 중 하납니다. 공사 대금을 지불하지 못한 연유가 분양이 되지 않아 유동자금을 확보하지 못한 게 큰 이유지만 기업금융 전문 은행이었던 장기신용은행이 외환 위기로 인해 국민은행에 합병된 것도 한몫했습니다. 그 바람에 파이낸싱 자금도 제때 입금되지 않자 부채에 견디다 못해 매각을 하기로 했다는 겁니다. 뭐, 공식적으로 내놓은 건 아니지만요."

"분양이 되리라고 보나?"

절레절레.

"한마디로 말하면 어렵습니다."

"분양 방안은 없고?"

"없지는 않습니다."

"어떻게?"

"조합이나 단체를 유치하는 거죠."

"지역이 춘천이잖아?"

"그 때문에 분양 시일이 많이 걸릴 겁니다. 그래서 춘천시청에 가서 좀 알아봤는데요."

"......?"

"퇴계동에 경춘선의 시종착역인 남춘천역이 있습니다.

2005년 10월부터 경춘선 복선 전철화 공사가 시작될 예정이라고 합니다."

"2005년? 완공은?"

"2010년 12월 중입니다. 하지만 공사라는 게 늘 그렇듯 예상 기간을 훌쩍 넘길 수가 있어서 믿을 바는 못 됩니다."

"아무튼 계획이 세워져 있다 이거지?"

이미 그렇게 될을 알고 있는 사항이지만 묻는 것이다.

"예."

"고속도로 계획은 없었나?"

"아, 서울양양고속도로가 계획이 되어 있더군요. 일부 구간에 민자 고속도로도 예정되어 있고요."

그 말이 끝나자 설수연이 송동훈에게 쪽지를 슬쩍 내밀었다.

"아, 맞다. 2009년 7월경에 완공 예정이랍니다."

"둘 다 10년 후이니 아직은 매력이 느껴지지 않는 요건이군."

"그렇긴 합니다만 입지 조건은 더없이 훌륭합니다."

"아, 입지 조건은 어땠나?"

"지방치고는 여건은 정말 훌륭합니다. 남춘천역 외에도 강원대학 춘천캠퍼스를 비롯해 춘천교육대학교와 춘천시외버스터미널 등이 인근에 산재해 있으니까요."

"호오, 괜찮네. 혹시 매각 금액은 물어봤나?"

"간단하게 세대당 1억 원이면 될 거라고 하더군요."

"평형에 상관없이?"

"예. 거기 보고서에 아파트 구조와 평형에 대해 자세히 나와 있습니다. 그리고 자료는 조감도와 팜플렛만 얻어 왔습니다. 다른 자료는 매입의향서와 법인인감증명서 그리고 자금표를 가지고 와서 요구하라고 하더군요."

"세대당 1억이면 얼마지?"

"이건 추정친데요. 세대수가 1,420세대이니, 1,400억 원 정도로 보면 될 겁니다."

"1,400억."

'그게 얼마나 될까?'

중추원에서 가져온 돈은 지금 국정원에서 한창 분류 중이라 아직 금액이 얼만지 모른다.

'그 돈을 여기다 다 때려 넣고 성산건설에다 나머지 공사를 부탁해 완공시키면 돼. 독립유공자 후손들에게 골고루 나눠 줄 생각이니 분양은 걱정할 필요가 없지.'

친일파들로 인해 독립유공자의 후손들이 피해를 입었으니 그들의 돈으로 보상을 해 주는 것은 당연했다.

비록 그것이 불법일지라도 인의로든 명목으로든 담용 자신에게 물어 떳떳하다면 얼마든지 할 수 있었다.

이것이 회귀한 담용의 인생에 있어 지론이기도 했다.

"저기…… 팀장님."

"응?"

"매입할 사람은 있습니까?"

"어, 있어. 있으니까 계속 작업하도록."

"그럼 국일건설에서 요구하는 서류는 언제 준비되겠습니까?"

"곧 마련해 주도록 하지. 아마 이삼일이면 될 거야."

"알겠습니다."

"다음…… 한 과장님, 성산건설에 연락해 봤습니까?"

"내일 오후에 만나기로 했습니다."

"하핫, 이번엔 꼭 될 겁니다."

"저도 황당합니다. 갑자기 적극적으로 나와서요."

"뭐, 그럴 만한 일이 있는 거겠죠. 매입자와 잘 상의한 다음에 가 보십시오."

"알겠습니다."

'쯧, 안경태의 안색이 회의 시간 내내 침울하네. 한송이 씨랑 싸웠나?'

둘 다 그런 성향과는 멀어서 싸웠을 리는 없지만 고민이 뭔지 궁금했다.

'저런 표정이면 한송이 씨가 아기를 가졌다는 걸 알았다는 건데…… 대체 뭐가 문제야?'

일단 스스로 말하기 전까지는 참기로 했다.

그렇게 서로 놀려 대던 송동훈도 아무 말 하지 않고 있는 걸 보면 뭘 좀 아는 것 같은 눈치기는 한데 참기로 했다.

'쯧, 때가 되면 알게 되겠지.'

"자, 자, 회사에서 곧 공지할 테지만 미리 알아 두세요."

"뭐, 뭔데요?"

"내일 아침 9시부터 회사 대회의실에서 부동산 강의가 있다고 하니 다들 참석해서 실력을 업그레이드시키도록 하세요."

"아, 그거 설문지를 썼던 적이 있어요. 혹시 강의 내용이 건물 세입자 명도에 관한 거 아녜요?"

"설수연 씨 말이 맞아요."

"강사는 누구죠?"

"그건 나도 모릅니다. 이상 회의를 마칩니다. 오늘도 수고하세요."

"수고하셨습니다."

우우웅. 우우웅.

회의가 끝나기를 기다렸다는 듯 휴대폰이 울어 댔다.

'이크. 종석이 놈이네.'

내심 뜨끔한 담용이 통화 버튼을 누르자마자 기차 화통 같은 목소리가 귀를 때렸다.

─야! 육담용! 넌 왜 우릴 불러 놓고 얼굴도 안 비춰?

"어? 종석아, 어디냐?"

─어디긴 어디야, 마포에 와 있지.

"맞다. 몇 명이나 왔냐?"

–여덟 명.

"뭐? 왜 그리 많아? 다들 잘린 거야?"

–쳇! 사무실에 오질 않으니 돌아가는 사정을 알 턱이 없지.

"아, 그건 미안한데. 어떻게 된 건지 말해 줄래?"

–제대한 후배들을 몇 명 건졌어.

"오! 그거 잘했다. 몇 기야?"

–우리 바로 뒤 1, 2기 후배들이야.

"혹시 김학명이도 왔냐?"

–학명이는 안 왔어. 왜? 찾아봐?

"그게…… 아는 애가 있으면 좀 찾아보라고 해."

–그 자식을 아는 애가 있을지 모르겠네. 제대한 이후 여태까지 아무한테도 연락하지 않고 잠적해 버린 놈인데…….

"그래도 애를 좀 써 봐라."

–알았다. 근데 여긴 대기업인데 우리가 왜 필요한 건데?

"만약을 위해서야."

–만약이라니? 누가 성산건설을 건드릴 수도 있단 말이야?

"응, 성산건설을 매입하려고 노리던 자들이 좀 거칠어. 그런데 이번에 성산건설이 자금을 확보하는 통에 매각을 하지 않기로 결정했거든."

―그럼 끝난 거잖아?

"쩝, 상식적으로는 그렇지만 그게 통하지 않는 놈들이라서 말이다."

―으흐흐흣, 막무가내식으로 나오면 원조인 우리에게 잽이 되겠냐?

"야! 날붙이를 들고 덤빌지도 모르니 조심해."

―그럼 더 좋지. 그놈들이야 본데없는 마구잡이겠지만 우린 살인 무기들이라고. 그리고 경호인으로 고용됐으니 뒤탈도 없잖아?

"너, 아주 살판난 것 같이 얘기한다."

―경호원, 이게 딱 내 취향이거든. 암튼 임시주주총회라도 열리는 거야, 뭐야?

"그건 모르겠다. 아무튼 얘기는 다 해 놨으니까 거기 박정호 부장이나 이한웅 이사를 찾아서 얘기하면 조치가 있을 거다."

―알았다. 그런데 너…… 조만간 얼굴 안 내밀면 애들이 가만히 안 두겠다고 벼르고 있더라. 난 말을 전했으니 참고하라고.

"알았다 후배들도 봐야 하니 곧 가 볼게."

―그래, 곧 보자.

마포구 합정동의 맥시멈환경 사무실.

"뭐? 오, 오 전무, 바, 방금 뭐라고 했어?"

무슨 소리를 들은 끝인지 양경재가 자리에서 벌떡 일어서며 오기수에게 삿대질을 해 댔다.

"오늘 아침 성산건설이 빚을 전부 청산했다고 했어요."

"뭐, 뭐라? 빚을 청산했다니! 그게 뭔 똥딴지같은 소리야? 어제까지만 하더라도 금방 숨이 넘어갈 듯 꼴딱꼴딱하던 회사가 어디서 돈이 생겼단 말이냐?"

"센추리홀딩스에서 1천억 원을 차입했다고 발표했습니다."

"천억? 차입?"

"예, 하지만 제 생각에는 당장의 국면을 모면하자는 수준이지 오래 끌고 갈 수는 없어 보입니다."

"이런! 그게 문제가 아니잖아? 난 시간이 없단 말이다! 더욱이 자금을 끌어 썼다면 조건이 있었을 것 아니냐고?"

"그렇지 않아도 그 때문에 김대식 사장이 사정을 알아보고 있는 중입니다."

"그…… DS인베스트먼트가 하는 회사도 그래. 왜 시일을 질질 끌어서 일을 이 지경으로 만들어?"

"삼촌! 그거야……."

"여긴 회사야. 직함을 불러!"

"뭐, 그러죠. 김대식 사장은 잘못이 없잖아요? 사장님이 투입 자금을 줄이자고만 하지 않았어도, 아니 우호 지분을 늘리자는 말만 하지 않았어도 일은 진즉에 끝났을 것임을 아시잖아요? 그런데 그게 왜 김 사장 책임인데요?"

"이 자식이 지금 누구 편을 들고 있어?"

"아뇨. 편은 무슨 편을 든다고…… 지금 흥분해서 될 일이 아니잖아요? 대책을 세워야지요. 거기 쑤셔 박은 돈이 얼만데……."

"끄응."

"사장님, 햇님건설과의 MOU는 어떻게 된 거랍니까? 알아본다고 하셨잖아요?"

"그건 성산건설 측에서 속임수를 쓴 거라고 했다."

"아! 일정을 벌어 보려고 트릭을 쓴 거라고요?"

"그래, 박 회장이 햇님건설의 윤 회장과 동문이라 인심 쓴 것에 불과해. 어차피 실행이 안 되면 종이 쪼가리잖아?"

"그렇긴 하죠. 그건 신경 쓸 것 없겠네요."

"김대식은 차입금에 대해 뭐라고 그래?"

"김 사장은 차입금 금액은 크게 문제가 안 된다고 했습니다."

"빈집에 소가 들어와서 살림이 확 폈는데 문제가 아니라니? 뭔 말이 그따위야?"

"김 사장의 말은 그런 뜻이 아닙니다."

"그럼 뭔데?"

"천억 원이 들어왔다고 해서 매각 절차를 받던 회사가 정상 운영이 되는 게 아니라는 거죠."

"하면?"

"성산건설은 지금 단 한 건의 공사 수주도 못 하고 있으니, 천억이 차입됐다고 하더라도 금세 동이 난다는 겁니다."

"그래도 며칠은 견딜 것 아니냐고?"

"글쎄요. 그동안 봐 온 게 있으니 계산을 해 봐야겠지만 대략 보름은 가겠네요."

"우라질 것. 그동안 내가 뿌려 놓은 돈은 어쩌고?"

"사장님 돈이야 불어나지 않을 뿐이지 그대로 있잖습니까? 단지 걱정되는 건 그동안 온갖 감언이설로 확보해 놓은 우호 지분 주주들이 흔들리지 않을까 하는 거죠."

털썩!

"끄응, 다 쓰러져 가는 회사 하나 구입하는 게 뭐가 이리 힘들어?"

띠릿. 띠릿. 띠리리릿.

오기수의 손에 들린 휴대폰이 울어 댔다.

"어? 김 사장이네요."

"얼른 받아 봐. 나도 들어 보게 스피커 켜!"

"예."

오기수가 스피커 버튼을 누르며 급히 입을 열었다.

"여보세요? 오 전무요. 어떻게…… 뭔가 변한 게 있소?"

─오 전무님, 방금 확인했는데 천억 원이 차입된 건 확실합니다. 돈의 출처는 센추리홀딩스인데, 알아보니 올해 발족한 투자회사더군요. 올해 실적도 짱짱하고요.

"차입 조건은요?"

─그건 알아내지 못했습니다.

"전병순 이사도 모른다고요?"

─전 이사를 만나 물어봤지만 자신은 모르고 재경팀에 물어보고 알려 주겠다고 했습니다. 단지 한 가지 알려 준 게 있는데, 차입금을 박 부장이 가져왔다고 했습니다.

"박 부장? 그게 누구죠?"

─아, 박 회장의 아들입니다. 박정호라고.

"그놈은 별로 신경 안 썼던 존재잖습니까?"

─그랬는데 굼벵이도 뒹구는 재주가 있듯이 뜻밖에도 이번 위기를 넘기는 데 큰 공헌을 했네요.

"아무튼! 차입금의 효력이 얼마나 가겠습니까?"

─임직원들 밀린 월급 계산해 주고 각종 세금과 공과금 그리고 하청업자들 결재해 주고 나면 얼마 남지 않을 겁니다.

"설마하니 내년 4월까지 견딜 수 있는 건 아니겠지요?"

─주주 배당일까지 말입니까?

"주주들에게 현금 배당을 할 수도 있어서 묻는 겁니다."

─고작 천억 원으로는 그때까지 견디지 못합니다. 그 안에
또 다른 차입금이 있어야 할 겁니다.

"어쨌든 다 좋소이다만…… 지금 우리가 어떻게 해야 현명
하겠소?"

─임시주주총회를 소집하십시오.

"임시주주총회요?"

─예, 지금 성산건설 재경부가 크레믈린궁이나 마찬가지
라 알 수 있는 게 하나도 없습니다. 그걸 알아야 하는데 방법
은 주주총회밖에는 없지요.

"자격이야 우호 지분을 끌어들이지 않더라도 충분합니다.
내 기억에 아마 발행주식 총수의 100분의 3 이상인가 그럴
겁니다."

─그래도 확실하지 않을 수 있으니 상법 제366조를 참고
하십시오. 거기 보면 소수 주주에 의한 주주총회 소집청구권
을 인정하고 있으니까요.

"만약 거부하면요?"

─그럴 수 없어요. 만약 주주총회 소집을 거부하는 경우
법원의 허가를 얻어 총회를 소집할 수 있으니 말입니다.

"시간이 조금 걸리겠군요."

─그래서 바로 시작하라는 겁니다. 그리고 가장 중요한 건
우리 측에서 검사인檢査人을 선임하셔야 한다는 겁니다.

"아! 그렇죠. 회사의 업무와 재산 상태를 조사하는 것이니

검사인을 필히 선정해야지요."

－원하신다면 제가 회계 법인을 알아보죠.

오기수가 양경재를 슬쩍 보니 고개를 마구 끄덕이고 있었다.

"지금 사장님도 같이 듣고 있는데 그렇게 하라시네요."

－알겠습니다. 그럼 한시라도 빨리 임시주주총회를 소집하십시오.

"아, 알았소."

탁!

"사장님, 어떡할 겁니까?"

"그거 대행하는 데 없냐?"

"왜 없겠어요?"

"그럼 거기 시켜. 시간을 절약하는 게 내겐 이익이니까."

"하하핫, 그동안 이리저리 치이더니 장족의 발전을 하셨습니다."

"씨불 넘이……."

오기수를 꼬나본 양경재가 말을 이었다.

"주총 날짜 맞춰서 기석이한테도 연락해."

"어? 기석이 삼촌은 왜요?"

"마! 총회꾼이 있다며?"

"어라? 그런 건 또 어떻게 알았어요?"

"이넘이…… 잔말 말고 기석이와 그 똘마니들한테 주식 몇

장씩 할당해 줘. 총회실에 들어올 수 있게 말이다."

"우와! 우리 삼…… 아니 사장님 다시 봐야겠어요."

오기수가 엄지를 척 하고 내세우고는 말했다.

"수틀리면 깽판 놓으시려고 그러죠?"

"그래. 내가 못 먹는 건 다른 놈들도 못 먹게 만들어야 직성이 풀리니까."

"에구, 그 심보를 고치시라니까 되게 말 안 들으시네."

"뭐야! 이넘이!"

양경재가 필통을 집어 들더니 냅다 던졌다.

"아쿠!"

"안 나가!"

"나가요, 나간다고요! 거참 성질은 불같아 가지고……."

"뭐! 너 지금 뭐라고 했어?"

후다닥.

쾅!

양경재가 재떨이를 집어 드는 걸 본 오기수가 잽싸게 나가면서 문을 거세게 닫아 버렸다.

픽!

뒤늦게 날아든 재떨이가 박살이 나면서 바닥에 떨어졌다.

"이씨…… 왜 이렇게 되는 게 없어!"

부동산 강의

담용이 대회의실로 들어서려고 하자, 기다렸다는 듯 나타
난 사람은 인사팀 팀장인 노태영 상무였다.

"이보게, 육 팀장."

"아, 준비 다 됐죠?"

"준비랄 게 있나? 백보드하고 보드마카만 준비하면 되지.
아, 물도 준비되어 있네."

"지금 들어갈까요?"

"아, 내가 강사를 소개하게 되어 있다네. 그러니 내가 호
명하면 들어오게."

새삼스럽게 소개라니!

'뭐가 이리 거창해? 사내에서 간단하게 하는 강의인데, 준

비도 딱 그 수준으로 해 왔건만.'

살짝 부담이 됐지만 형식을 나름대로 갖추는 것이라 여기고 고개를 끄덕였다.

"그러죠 뭐."

"오케이, 멋지게 소개해 주지. 잠시만 기다리게."

노태영 상무가 안으로 들어가더니 마이크를 들었다.

"여러분, 오늘의 강의를 책임져 줄 분을 소개합니다. 대한민국의 공인중개사협회를 들었다 났다 하는 육담요옹— 강사이십니다! 큰 박수로 맞아 주시기를 바랍니다!"

"와아아—!"

휘익! 휘이익—!

짝짝짝짝.

소개가 끝나 입장을 하니 함성과 휘파람에 이은 박수 소리가 실내를 쩌렁쩌렁 울릴 정도로 컸다.

'헉! 뭐, 뭐야?'

적지 않은 대회의실에 사람들이 입추에 여지없이 들어차 있지 않은가?

'사람들이 왜 이리 많은 거야?'

대충 훑어도 모르는 사람들이 태반이었다. 부동산계에서 알 만한 사람들은 다 몰려온 것 같았다.

"팀장님! 파이팅!"

'윽, 설수연.'

"파이팅! 육담용!"

'헐, 유 선생까지.'

그러고 보니 TF팀이 죄다 맨 앞줄에 앉아 있었다.

'이런 씨······.'

담용은 유상현과 이기주에게 속았다는 것을 단박에 알았다.

'아놔, 안 할 수도 없고.'

하지만 당황도 잠시 곧 목소리를 가다듬은 담용이 마이크를 입에 갖다 댔다.

'이럴 때는 사족을 달 필요 없이 곧바로 강의에 들어가는 게 정석이지.'

"반갑습니다. 오늘 강사로 나선 육담용입니다. 제가 알고 있는 것을 공유하고자 하오니, 부족하더라도 들어 주시기 바랍니다. 그리고 알고 있는 것일 수도 있으니 참고 들어 주시기 바라며, 질문은 강의가 끝나고 받도록 하겠습니다. 아, 강의 시간은 1시간입니다."

짝짝짝짝······.

박수가 이어지는 동안 담용이 화이트보드에 마커로 글을 썼다.

- 명도단행가처분

화이트보드에 쓴 내용이었다.

"오늘은 이전에 강의했던 내용의 연장이라고 보면 되겠습니다. 아마 이건 커머셜 빌딩을 전문으로 중개하시는 분들이 많이 겪는 일일 것입니다. 에…… 상가나 주택을 빌려주었는데 임차인이 계약 종료에도 불구하고 임차 건물을 비워 주지 않는 경우가 있습니다. 이런 경우는 구두로 또는 서면으로 건물의 인도를 요구하게 됩니다. 한데 그럼에도 불구하고 계약 종료를 부정하거나 또는 인도를 거부하게 되면 임대인은 법적 조치를 고려하게 되지요. 자! 하나 묻겠습니다. 임대인이 어떤 법적 조치를 내릴까요? 대답하시는 분 상품 있습니다."

"저요-!"

"예, 거기 파란 목도리의 신사분."

"명도단행가처분요!"

"와하하하핫!"

그 말에 대번에 웃음보를 터뜨리는 수강생들이다.

왜냐면 화이트보드에 써 놓은 글을 그대로를 읽어서 답이라고 말한 때문이었다.

'후후훗.'

담용도 재밌는 사람이라고 여겼다.

양복은 걸쳤지만 인상이 꽤나 개구진 걸 보면 사람들을 자주 웃기는 타입인 것 같았다.

이런 분위기는 깨뜨리기보다 살릴 필요가 있었다.

"네에, 정답입니다! 이따가 나가실 때 주식회사 KRA 대표

이사인 유상현 사장님께서 선물을 주실 것이니 받아 가시기 바랍니다."

"와—!"

'나도 약을 좀 올려야지.'

"유 사장님, 선물 없습니까?"

"어, 이, 있어요."

"하하핫, 있다고 합니다. 거기 파란 목도리가 증명서이니 잘 간직하시기 바랍니다. 혹시라도 잃어버리시면 그걸 가지고 오는 분께 선물이 돌아갈 겁니다."

"와하하하핫."

"홍 사장! 잘 간수해!

"자, 다시 이어 가 보죠. 아시죠? 정답은 아니었다는 걸요."

"크크큭."

"이때 임대인의 일반적인 법적 조치는 점유이전금지가처분과 명도 소송입니다. 점유이전금지가처분과 명도 소송을 고려할 때에는 계약서상의 임차인뿐만 아니라, 실제 점유자가 누구인지 정확히 확인할 필요가 있지요. 상가임대차인 경우에는 사업자등록증상의 사업자가 누구인지 그리고 영업허가를 누가 받았는지까지 확인해서 소송을 진행하는 것이 필요합니다. 이해하시겠지요?"

끄덕끄덕.

"그렇다면! 명도단행가처분이란 뭘까요?"

조금은 생소한 용어가 나오니 좀 더 조용해졌다.

"명도 소송을 진행할 경우 대개 4개월에서 6개월 정도 소요되는 것이 일반적이지요. 상대방이 의도적으로 소송을 지연시키거나 혹은 법리적으로 다툴 사안인 경우 1년에 이르는 어렵고도 지루한 소송이 진행될 수도 있습니다. 말인즉 명도 소송은 본안심리를 하는 정식 소송으로서 일정 시일이 반드시 필요하다는 것입니다."

담용이 설수연 앞에서 쪼그려 앉았다.

생글생글.

웃는 낯이 무척 예뻤다.

그러나 강의 시간에 현혹될 수는 없는 일.

"임차인을 빨리 내보내야 하는 부득이한 사정이 있는 임대인은 해당 사안이 명도단행가처분을 받아 낼 수 있는 사안인지 고려할 필요가 있습니다. 그 이유는 명도단행가처분이 대체적으로 1 내지 2개월 정도면 결판이 나기 때문에 급히 인도를 받아야 하는 임대인 입장에서 고려해 볼 만한 제도라고 할 수 있습니다."

이 말에 다들 필기하느라 여념이 없었다.

뭐, 중요한 내용이긴 하다.

"실무적으로는 명도단행가처분은 명도 소송과 동시에 가처분을 신청하는 경우가 많습니다. 만약 이를 인용하게 되면 본안소송에서 다투어 볼 기회조차 상실하는 결과가 되기 때문에 인용의 예가 그리 많지 않음을 참고하시기 바랍니다. 이해가 잘 안 가시면 말을 바꿔서 해 보죠."

설수연까지 고개를 갸우뚱하는 걸 보니 다들 어려운 설명이었던 같아 쪼그렸던 무릎을 폈다.

"바꿔 말하면 이미 명도 집행을 마친 건물에 채무자가 침입하여 점유를 하거나 불법적인 점유 침탈이 이루어진 직후인 경우 등에 한하여 예외적으로 허용되는 게 일반적이라는 겁니다. 따라서! 동시이행항변이나 유치권항변의 존부가 다투어지는 등 무조건적인 인도 의무의 존부에 의심이 있는 경우에는 명도단행가처분이 인용되기 힘들다는 거죠."

"용어가 너무 어려워요!"

"이해가 안 갑니다!"

"아! 지금 당장은 알아듣기 어려울 수도 있습니다. 저기…… 최인규 과장님, 이거 녹음하고 있죠?"

"예, 지금 녹음 중입니다."

"얼마에 팔 겁니까?"

"예?"

"아, 얼마에 판매할 거냐고요?"

"……?"

"하하하핫, 수강생 여러분! 그냥 준다고 하네요. 모두 받아 가시기 바랍니다."

"우와아아─!"

짝짝짝짝…….

수강생들이 자신을 쳐다보자 손으로 눈을 가리는 유상현 사장이다.

'쿠쿠쿠쿡.'

않는 소리가 담용의 귀에까지 들리는 것 같아 기분이 조금 나아졌다.

담용이 손을 들자 조용해졌다.

뭐, 아무리 머리가 나빠도 몇 번 반복해 듣다 보면 모를 수가 없는 내용이니까.

"에, 상담을 하다 보면 부동산을 매도하면서 매도인이 매수인에게 일정 기일까지 명도를 완료하여 주겠다고 특약을 하고 명도단행가처분이 가능한지 묻는 경우가 있습니다. 하지만 명도단행가처분 신청을 할 수는 있겠지만 그게 인용이 쉽지 않다는 사실을 알아 두시기 바랍니다."

물을 한 모금 마신 담용이 말을 이어 갔다.

"따라서! 부동산 매수인에게 약정한 일정 기일까지 부동산 매도인이 명도를 완료하여 주지 못할 수 있음을 인지하고 명도 지연에 따른 법률적 책임에 대한 정리를 계약서에 적어 두는 것이 분쟁의 확산을 막는 길임을 알아 두시기 바랍니다. 에, 다음은…….."

턱턱턱턱.

화이트보드가 마커에 닿는 소리가 났다.

- 상가임대차 이중 계약

"이거 많이들 하시죠?"

끄덕끄덕.

대다수가 경험이 있었는지 고개를 주억거렸다.

'그렇다면 가려운 곳을 긁어 줘야지.'

"상가임대차 계약을 체결하면서 임대인의 요구로 보증금과 월세를 다운시킨 세무서 신고용 임대차 계약서를 작성하는 경우가 있습니다. 즉, 상가임대차 계약을 체결할 때 임대인의 요구로 실제 계약서와 세무서 신고용 계약서를 따로 작성하는 것이죠."

다들 관심의 눈을 반짝거렸다.

"사실 이와 같이 상가임대차 이중 계약 사례가 의외로 많은데요. 이중 계약을 작성한 경우, 임대인과 임차인 사이에 사이가 좋으면 법률적 문제가 발생하지 않을 수도 있겠지만 만약 사이가 틀어지면 문제가 발생할 여지는 다분해지죠. 자, 그럼 지금부터 어떠한 문제가 주로 발생할지를 논해 보지요."

다시 목을 축인 담용이 입을 열었다.

"우선 임대 기간 또는 보증금 내지 월세 인상과 관련하여 임대인과 임차인 사이에 분쟁이 발생하여 임차인이 임차 부동산을 비워 주어야 하는 상황이 발생하게 되면 임차인은 임대인에게 타격을 줄 방안을 강구하는 경우가 많습니다. 이 중 가장 많은 내용이 임차인이 임대인에게 세무서에 신고할 수 있다는 취지의 언급을 직접적으로 해도 되는지, 또 그로 인하여 이익을 얻어도 되는지의 문제입니다."

"아, 아."

지금 탄성을 발하는 수강생은 지금 그런 상황이 있거나 있을 예정인 것 같았다.

"임차인이 임대인에게 세무서에 신고할 것이라고 고지를 한다면 그 고지는 임대인 입장에서 협박으로 느껴질 수 있습니다. 그러한 고지로 인하여 임차인이 이익을 얻게 된다면, 공갈 협박으로 판단될 여지가 있습니다. 주의해야 합니다. 쥐를 잡으려다가 장독을 깨는 우를 범하면 안 되지요."

"……."

침묵이 강의실을 감돌았다.

"다시 말하면! 임차인이 임대인에게 세무서에 신고하겠다고 언급하는 것은 상황에 따라 형사상 협박죄나 공갈죄에 해당할 가능성이 있어 주의할 필요하다 이겁니다. 그렇다고 해서 임차인이 임대인을 세무서 또는 수사기관에 고발하는 것이 금지되지는 않습니다."

'아, 왜 목이 자꾸 마르지?'

아마도 사람들이 많이 모이는 통에 실내가 건조해져서 그런 것 같았다.

한 모금만으로 목을 축인 담용이 말을 이어 갔다.

"임차인이 임대인에게 세무서에 신고하겠다고 고지하면서 이익을 취하는 방법 대신 아무런 고지 없이 세무서 또는 수사기관에 고발을 하게 되면 임대인은 자신의 행동에 대한 법적 책임을 지게 될 것입니다. 다들 아시죠, 조세 포탈 행위라는 걸요."

말인즉 세무서 신고용 임대차 계약서를 만들어 이를 세무서에 제출한 것은 필시 조세 포탈 행위로 판단되기 때문이었다.

"아! 이런 문제가 있을 수 있겠네요. 세무적인 문제의 경우 포탈 금액이 일정한 법정 금액을 넘어야 세금이나 가산금 추징 이외에 형사 조치가 내려지는데, 해당 임차인과 임대인 사이의 세무서용 임대차 계약서상 포탈 금액이 그 금액에 미치지 않을 때는 어떻게 될까요?"

"……?"

모두 다음 담용의 말을 기다리는 표정들이다.

"그럴 때는 임대인과 다른 임차인과의 사이에 세무서용 임대차 계약서를 작성한 사실이 분명히 있을 것입니다. 그렇게 되면 조세 포탈 금액의 합계가 해당 법정 금액에 도달할 수가 있지요. 즉, 형사 조치에서 벗어나지 못할 가능성도 배제할 수 없다는 겁니다."

'아, 덥다.'

난방을 무지하게 떼는지 실내가 후끈후끈했다.

'나만 그런가?'
또다시 화이트보드에 써 갈겼다.

-담보 목적으로 작성된 임대차 계약서의 법률적 쟁점

"담보 목적으로 임대차 계약서상의 임차인 명의를 채권자로 변경하는 경우가 있습니다. 알기 쉽게 예를 한번 들어 보지요. 채권자가 채무자에게 채무에 대한 담보를 요구하자 채무자가 자신이 임차하고 있는 부동산의 임대차 계약서상 임차인의 명의를 채권자로 변경할 것을 제의하는 경우입니다. 이해가 가십니까?"

"예에!"

"임대인의 동의가 있다면 채권자가 임차인으로 변경되는 새로운 임대차 계약서가 작성되겠죠?"

"네에—!"

"즉, 종전 임대차 계약서상의 당사자는 임대인과 원래 임차인이었는데 임차인의 채권자와 3자 합의에 의하여 임대인은 그대로 둔 채 임차인을 임차인의 채권자로 변경하는 새로운 임대차 계약이 작성된 것이란 뜻입니다."

'푸훗, 말이 좀 헛갈리긴 하지만 어려운 건 아니니까.'

"이때 임대차 계약이 종료된 경우 임대인이 무자력 상태인 원래 임차인에게 보증금을 지급해 버렸다면, 임차인의 채권자가 임대인에게 문제를 제기할 수 있을까요?"

"제기할 수 있습니다!"

"하하핫. 예."

자신 있게 소리치는 말에 웃음이 나왔다.

"하지만 상황에 따라 다를 수도 있습니다. 담보의 의미가 인적 보증으로 해석된다면, 보증인 보호를 위한 특별법이 적용될 여지가 있습니다. 이 경우 보증인 보호를 위한 특별법 상의 여러 쟁점을 가지고 공격과 방어가 이루어질 소지가 있습니다."

다들 처음 대하는 법률 용어에 필기하느라 정신이 없었다.

"담보의 의미가 인적 보증이 아닌 비전형 담보로서의 양도 담보로 해석될 여지도 있죠. 이와 관련해 대법원 판례가 있습니다. 한번 들어 보시죠."

말라붙은 입술을 혓바닥으로 적시고는 또박또박 천천히 말을 이어 갔다.

"임차인의 채권자에게 임대차권리승계계약서 및 임대차보 증금지불동의서 등을 작성해 준 사실을 근거로 임대인의 담 보책임을 인정한 사례가 분명히 있다는 것입니다. 이외에도 담보 문제로 접근하지 않고 임차인의 채권자가 실질적인 임 차인으로 편입된 사실을 들어 임대인의 책임을 인정한 대법 원 판결도 있다는 걸 알아 두시기 바랍니다."

'물은 많이도 갖다 놨네.'

쪼로로로록.

물을 따라 마셨다.

"어찌 되었건 간에, 임차인의 요구로 임차인의 채권자와 임
대차 계약서를 쓰게 되는 임대인은 위와 같은 법률적 문제가
발생할 수 있음을 인지하고 있어야 한다는 거죠. 결국 임대인
은 위와 같은 임차인의 요구를 받을 때 신중해야 하며 임대차
계약이 종료되었을 때 보증금 반환을 누구에게 하는지 등을
명확하게 해 둘 필요가 있다는 겁니다. 다음으로 넘어가죠."

-미준공 건물에 대한 임대차 계약

"우리가 가끔 도심을 지나가다 보면 신축 중인 오피스텔이
나 상가에 분양 계약 또는 임대차 계약을 체결하고 있다는
문구의 플래카드 등을 볼 수 있고 신축 건물 옆에 분양 사무
실이 들어서 있는 걸 볼 수도 있습니다. 이런 경우에 사용 승
인, 즉 준공도 아직 받지 못하였을 뿐만 아니라 등기부도 아
직 만들어지지 않은 경우일 겁니다."

담용이 까닭 없이 헤쭉 웃고는 말했다.

"상가를 임차하고자 하는 임차인 입장에서 신축 건물의 입
지를 나름대로 분석해 보니 이보다 더 좋은 경우는 없다고
가정해 보지요. 이런 경우 임대차 계약을 덥석 체결해야 할
까요?"

바인더북

"저는 안 합니다!"

앞자리에 억지로 비집고 앉은 아저씨였다.

"좋은 자리인데 선점하고 싶지 않다고요?"

"하핫, 욕심은 나지만 권리를 보장받을 수 있는 게 없잖아요?"

안타깝게도 저 말이 맞다.

"자, 여기서 법률적인 고민을 해 보지요. 위와 같은 상황을 제시하고 변호사에게 법률적 조언을 구할 경우에 아마 많은 변호사분들이 임대차 계약 체결에 신중을 기해야 한다는 답변을 할 것입니다. 방금 저분…… 성함이 어떻게 되죠?"

"논현동 학사부동산의 강구성입니다."

"예, 강 사장님이시군요. 유 대표님, 이분께 상품을 챙겨 드리시길 바랍니다."

유상현이 손을 들어 화답했다.

"자, 그 이유는 무엇일지 세 가지만 살펴보도록 하지요. 첫째, 건물 신축을 통한 소유권 취득의 간략한 경과를 살펴보면 건축 허가를 받고 건물을 신축한 뒤 사용승인을 취득하여 건축물관리대장이 만들어지면 건축물관리대장을 기초로 등기부가 형성되는데, 이때는 등기사항증명서가 됩니다."

"……."

역시 흔히 당면할 수 있는 문제라 조용했다.

"건물 소유권자 판단의 기준은 등기부가 되는데, 준공도 되지 않은 건물이라면 등기부가 만들어지지 않은 상황이고 해당 건물을 임대차하는 임차인 입장에서는 소유자가 분명하지 않은 건물을 임대차하는 위험을 떠안게 된다는 거죠."

끄덕끄덕.

"둘째는 상가 등의 특성상 초기 분양가가 높은 경향이 있죠. 이는 매매 대금 또는 임대차 보증금 및 월세도 마찬가지일 겁니다. 상가 등을 분양하는 입장에서는 건축비 내지 금융 비용 조달을 위해 대대적인 광고를 하면서 분양가를 상대적으로 높여서 시장에 내놓는 경우가 많기 때문입니다."

담용의 말을 실감하는지 더러는 고개를 주억거렸다.

"즉, 분양 주체 입장에서 높은 분양가를 지속하여도 분양이 쉽게 완료되면 좋은 것이고 분양이 되지 않을 경우 실질은 미분양분임에도 불구하고…… 아마 많이 들어 봤을 겁니다. 회사 보유분이라고요."

"하핫, 맞아요, 맞아."

"한마디로 얄팍한 수작이지 뭐."

"암튼 회사 보유분 등의 명목으로 좋은 물건인 양 광고를 하면서 분양가를 낮추어 재분양하는 경우가 많지요. 참고하시고요. 다음 세 번째로는 건축 신축의 경우 분양을 담당하는 분들은 공인중개사도 있지만 건축주인 경우도 있고 분양 대행사인 경우 등 다양한 형태가 있습니다. 아마 여기도 그런 분이 계실 줄 압니다. 그런데 말이죠."

시키지도 않았는데 몇 분이 손을 드는 것이 보였다.

싱긋 웃어 준 담용이 계속 말했다.

"분양에 법률적 문제가 발생하여 법적 책임을 묻고자 할 경우가 있습니다. 분양 주체, 특히 분양 대행사의 재력 문제로 승소를 해도 채권 회수가 어려운 경우가 왕왕 발생한다는 점을 유의하시기 바랍니다. 역시 공인중개사가 분양 대행을 하는 경우에도 공인중개사의 이름을 분양 계약서에 적지 않아 중개 사고 등을 이유로 공인중개사 등에게 책임을 묻기가 어려운 경우도 발생합니다. 후훗, 본 강사는 가급적이면 그런 위험한 도박은 하지 않으셨으면 합니다."

담용이 정 자세를 하고 단상 앞에 똑바로 섰다.

"결국…… 미준공 건물이 아무리 위치가 좋다고 해도 위와 같은 문제가 있을 수 있음을 고려하여 여러분은 물론 고객에게 중개할 때 계약 체결에 만전을 기할 필요가 있음을 인지하시기 바랍니다. 이상으로 강의를 마치겠습니다. 부자 되십시오."

꾸우벅.

"와아아—!"

짝짝짝짝짝…….

다음 권으로 이어집니다

200평 초대형 24시 만화방

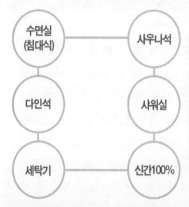

- 수면실 (침대식) — 사우나석
- 다인석 — 샤워실
- 세탁기 — 신간100%

📖 수원 인계동점

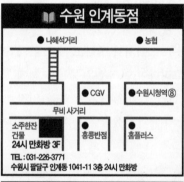

- 나혜석거리
- 농협
- CGV
- 수원시청역 ⑧
- 무비 사거리
- 소주한잔 건물 24시 만화방 3F
- 흥콩반점
- 홈플러스

TEL : 031-226-3771
수원시 팔달구 인계동 1041-11 3층 24시 만화방

📖 의정부점

- 의정부역 ④ ⑤
- 흥선지하도
- ◀서울방향
- 진성약국
- 던킨도넛츠
- 24시 만화방 3F

TEL : 031-856-3971
경기도 의정부시 의정부동 197-13 3층

📖 주안점

- 주안 남부역
- ◀제물포
- 민병철 어학원
- 간석동▶
- 25시 만화방 6F

TEL : 032-426-2871
인천광역시 주안남부역 지하상가 4번 출구 GS25시 건물 6층

📖 안양점

- 안양역
- 육교
- ◀관악역
- 명학역▶
- 농협
- 24시 만화방 2F
- 안양일번가

TEL : 031-466-3771
경기도 안양시 안양동 674-163 조이당구장건물 2층

魔教六弟

마교육제

송재일 신무협 장편소설

ROK ORIENTAL FANTASY STORY

『용권』의 작가 '송재일'의 신작!
한 소년의 무림 일대기『마교육제』

유혈이 낭자했던 정마대전 이후 평화 유지를 위해
서로의 제자를 십 년간 맞교환하기로 한 무림맹과 마교

그러나 마교주의 다섯 제자가 아닌
듣도 보도 못한 '여섯 번째 제자' 소윤이 무림맹으로 가는데……

난데없이 무인의 길을 걷게 된 소윤이지만
협의를 알게 되고, 이를 행하기로 마음먹는다

협俠을 사랑하는 마교육제 소윤
정과 마를 아우르는 절대자로 우뚝 서다!